19-01

双葉文庫

居眠り磐音 江戸双紙

陽炎ノ辻

佐伯泰英

目次

陽炎ノ辻　居眠り磐音　江戸双紙

第一章　向夏一石橋

一

明和(めいわ)九年（一七七二）四月下旬、豊後関前(ぶんごせきまえ)城下と関前湾を遠くにのぞむ峠道で三人の若い武士が涼をとっていた。

山は夏の色合いに染められ、浅緑の木立ちの上を吹き抜ける海からの風が、二百六十里（千四十キロ）の旅をしてきた若者たちの旅塵を清めてくれた。

「こうしておると江戸の暮らしが嘘(うそ)のようじゃな」

河出慎之輔(かわでしんのすけ)はそう言うと草叢(くさむら)の中に体を投げ出した。

御先手組(おさきてぐみ)の組頭(くみがしら)を務める慎之輔は二十八歳。代々三百八十石をいただく。ただ一人の妻帯者で、関前には妻の舞(まい)が待っていた。

「慎之輔の弱みは存分に摑んでおるからのう。出世してもおれには無理は申すまい」

小林琴平は二十七歳、舞の兄にあたる。戻れば中気にたおれた父に代わり、納戸頭として家禄二百五十石を継ぐことが決まっていた。

「琴平、所帯持ちを脅すのはよくないぞ」

坂崎磐音も同じ二十七歳、中老職六百三十石の長子である。磐音も早晩、父親の後を継がねばならない身だ。

三人は関前城下にある藩の剣道場、神伝一刀流の中戸信継の門下生として幼少の頃より木刀を交え、遊びも学問も共に付き合ってきた仲だ。

二年前、慎之輔が江戸在勤の命を受けた。

その前年には磐音が藩主福坂実高の参勤に伴い、小姓頭として出府していた。

琴平は江戸の藩邸に慎之輔と一緒に姿を見せた。剣術修業の届けを出して、藩から認められたという。

江戸入りが遅れた二人は、磐音の通っていた神田三崎町の直心影流の佐々木玲圓の道場に入門、ふたたび切磋琢磨の日々が戻ってきた。

二年の歳月があっという間に過ぎ、江戸勤番や留学を終えた彼らには三人三様の将来が待ちうけていた。

　磐音には結婚がひかえている。

　相手は琴平の末妹の奈緒（なお）だ。つまりは舞の妹にあたる。

　三人は幼馴染み（おさななじみ）というだけではなく、小林家の二姉妹を通して縁戚関係が結ばれようとしていた。

「琴平が磐音の妹と一緒にでもなれば、もはやわれらが仲は磐石（ばんじゃく）じゃな」

　と慎之輔が琴平をしばしばそそのかしたが、琴平は、

「伊代（いよ）は、まだねんねではないか。おれのように、吉原はいうにおよばず、品川、新宿、板橋、千住と、四宿に浮き名を流した者にはもの足りんな」

　と一蹴していた。

「おい、磐音、奈緒に土産は買ったか」

　琴平が、青葉の間に淡い紅色を見せる石楠花（しゃくなげ）に茫洋とした眼差し（まなざし）を向けていた友に訊いた。

「ああ、用意した」

「おれから奈緒に渡してもよいぞ」

「奈緒どのにはおれがじかにとどける。いらん世話をするでない」

「言うてくれるわ、居眠り磬音が」

居眠り磬音と最初に呼んだのは、三人の師、中戸信継であった。

「磬音の構えは、春先の縁側で日向ぼっこをしている年寄り猫のようじゃ。眠っているのか起きているのか、まるで手応えがない。こちらもつい手を出すのを忘れてしまう。居眠り磬音の居眠り剣法じゃな」

慎之輔の剣は、人柄同様に努力の剣。教えに忠実に、真っ正面からひた押しに押していく剣技であった。

乱れがない代わりに攻撃の予測がついた。

琴平などは先へ先へと慎之輔の動きを読んで、散々に翻弄した。

琴平は、慎之輔とは正反対に変幻自在の剣さばきで、対戦した相手が負けを認めるまで容赦のない波状攻撃をつづける。

佐々木玲圓は、

「琴平に謙虚さがそなわれば鬼に金棒じゃがな」

と嘆いた。

その一方で、気がのらないと投げやりになり、格下の相手から思わぬ反撃を食らうことがあった。

難敵中の難敵は居眠り磐音だ。

琴平は技量も気力も体力もすべてに勝っていた。が、いつしか居眠り剣法の術中に嵌(は)まってしまう。無理をして仕掛ければ、真綿でくるまれたような防御にあって、根負けする。そのくせ磐音は琴平をまかそうとはしない。いつも引き分けに終わらせた。

「いつの日か、居眠りどのの本物の反撃を見てみたいものじゃ。反撃さえしてくれれば、一撃の下に叩(たた)き伏せるのだがな」

琴平は磐音を挑発するが、磐音は誘いにはのらなかった。

江戸を離れる日が迫ったとある昼下がり、佐々木は自ら木刀をとって三人の弟子たちと立ち合った。

磐音は、師匠の攻撃を必死に凌(しの)ぎきった。

居眠り剣法は居眠りのままに終わった。いや、反撃に転じる余力など、正直なにも残っていなかった。ただ、師の剣の深さを思い知らされて疲労困憊(こんぱい)した。だが、顔はいつもの居眠り磐音の表情に覆われていた。

慎之輔は、玲圓の泰然とした構えに荒い息をあげ、一歩も動けなかった。最後には腰から砕け落ちるように道場の床に座り込んだ。

琴平は、突っ込み、飛び下がり、動き回りながら、間断なき攻撃をつづけた。それも休みなく四半刻(しはんとき)(三十分)もだ。だが、師匠はことごとく跳ね返し、かすりもさせなかった。

琴平の攻撃が乱れてきたのを見た佐々木が、

「木刀を引け、琴平」

と告げた。

同時に琴平の面撃ちが佐々木玲圓を襲った。

佐々木はそれを予測したように踏み込むと、琴平の右手を軽く打った。

くるくると回った木刀が道場の床に落ちた。

佐々木玲圓は三人を座敷に呼ぶと、

「関前に戻り、いま一度、中戸信継先生の下で修業のし直しじゃ」

と教え諭した。

その場で琴平と磐音には目録が与えられた。

厳しい稽古(けいこ)で知られた佐々木道場の目録は、他の道場の免許皆伝に匹敵すると言われていた。

「琴平、明後日からおまえを義兄者(あにじゃ)と呼ばねばならんと思うと気が重い」

磐音が琴平を見た。

「おれはな、琴平と舞が兄妹であることを忘れておる。そうでもせんと気鬱で仕方がないわ。どうして小林の家からこのようなお調子者が生まれたのであろうな」

慎之輔が笑うと、

「そろそろ参ろうか」

と草叢から体を起こした。

三人の若侍は、関前六万石の城下に向かって、道中の終わりを弾むように歩き出した。

豊後関前の城下外れの一石橋に、三人の帰りを待つ坂崎伊代の姿があった。

「伊代」

磐音は三年ぶりに妹を見て、眩しそうに目を細めた。

伊代はふっくらと丸みをおびて、隠そうとしても隠しきれない若さゆえの輝きを放っていた。だがどこか沈鬱の思いが顔に刷かれているように兄にも慎之輔にも見えた。

「よう分かったな」

「はい、そろそろお帰りの頃だと思いまして」

伊代は兄やその朋輩に頭を下げた。

「磐音、さっきの言葉は取り消す。まさか伊代っぺがこのような美しい女子になっていようとは思いも及ばなかったわ。おれも江戸で土産を買い求めてくるのであったな」

「おまえのような遊び人には、伊代はねんねすぎる。宿場の飯盛り女がお似合いじゃ」

「それを言うな、磐音」

三人の若侍は、長旅を無事に終えた緊張から解放されて、最後の冗談を言い合った。

伊代を加えた四人は夕暮れの道を城下に急いだ。

「関前に変わりはないか」

兄の問いに、伊代がしばしの間を置いて、答えた。

「……格別ありませぬ」

「それはなにより」

「伊代、うちにも変わりないな」

所帯持ちの慎之輔が重ねて訊いた。

「皆様、おすこやかにございます」

伊代の返事にはどこか無理を装った響きがあった。

年頃の娘のことだ。慎之輔も磐音も深刻にそのことを考えたわけではない。

「明日からまた関前の暮らしか、退屈じゃな」

琴平が放埓な時代の終わりを告げるように言った。

「いや、やるべきことはたくさんあるぞ」

磐音は慎之輔と琴平の助けを得て、江戸藩邸の若い藩士を集め、関前の硬直した藩政に新風を吹き込む修学会をつづけてきた。

関前六万石は多額な借財を負っていた。それもこれも藩の重役たちが十年一日の如く藩政を牛耳ってきたつけだ。

藩の改革を実践しようという三人の行く手には、旧弊な考えを持つ藩の幹部たちが待ち受けているのだ。

「磐音、じっくりやらねば大火傷をするぞ」

琴平が応じた。

うーむ、と磐音が頷いた。

「磐音、まずは明後日、そちの祝言の席で会おう」

慎之輔が兄妹に頭を下げた。

江戸から戻った男たちは城の大手門に向かう辻で三方に分かれることになる。

「伊代、今度、おれと会ってくれ。兄者は抜きにしてな」

琴平は本気とも冗談ともつかぬ顔で伊代に言うと、くるりと背中を見せた。

「呆れました」

伊代が琴平を見送りながら呟いた。

慎之輔も兄妹に挨拶すると屋敷に向かって歩いていった。

四月二十八日の夕暮れのことであった。

残された兄妹も自分の屋敷に足を向けた。

「兄上、お江戸の大火はいかがでございます」

「目をおおう惨状でな、焼けただれた亡骸がどこまでも放置されてあったわ。江戸の中心部を猛火が走り抜けて、南北二つの町に分けてしまった……」

この年の二月二十九日の昼過ぎ、目黒行人坂の大円寺を火元とする火事は、麻布、霞ヶ関、虎の門、日比谷、神田を延焼、さらには日本橋、小川町、駿河町、外神田に移り、下谷、浅草、千住に達した。

いったん火勢は衰えたかに見えたが、翌日には本郷から出火、森川町、追分、駒込、さらには千駄木、根岸に広がった。

死者一万五千余人、行方不明者四千余人、類焼は九百三十四町に及ぶ、未曾有(みぞう)の大火になった。

「江戸城もな、南半分が焼け落ちた。あれを地獄というのであろうな」

磐音たちが勤番任期を終えても関前に戻れなかったのは、大火の大惨事の後始末に追われていたからだ。

「藩のお屋敷はいかがですか」

「中屋敷は焼け落ちたが、幸いなことに上屋敷と抱え屋敷は類焼を免れた。大名家の中には、上屋敷も中屋敷もともに被害に遭われたところもある。不幸中の幸いというべきであろう」

関前藩では焼け出された中屋敷の者が上屋敷に移ってきて、庭に仮小屋を建てて住んでいる有様であった。

「兄上、江戸はどんなところでございましょうか」

「伊代、なにかあったか」

兄はその問いには答えず訊いた。

「どうしてでございます」

妹は視線を外すと反問した。

「一石橋まで迎え出てくれたからな」

「いえ、それは……」

「それに、なにやら思い悩んでいる様子じゃ。好きな男でもできたか」

伊代は首を振って否定した。

家に戻れば事情も知れようと思った磐音は話題を変えた。

「奈緒どのはたまには屋敷に見えられるか」

「ええ、始終、お見えになっては細々と、父上母上はもちろんのこと、私にまで気を遣ってくださいます。伊代とたった三つ違いとは思えないほどにしっかりしたお方です」

「伊代、うまくやれそうか」

妹の心配がそこにあるのではと磐音は訊いた。

「兄上様、ご心配なく。奈緒様は伊代にとって願ってもない相談相手でございます」

「祝言の準備もすべてさせてしまったな」

兄は妹を労(ねぎら)った。そして、十一歳も年のはなれた妹がどんな悩みを胸に秘めているのか気にかけながら、三年ぶりに屋敷の門を潜った。


その夜、坂崎家では磐音の帰国の祝いがにぎやかにもよおされた。

慣れ親しんだ家族だけでの団欒(だんらん)はおそらくこの夜が最後であろう。

明後日には磐音の祝言がおこなわれ、奈緒があたらしく家族の一員に加わるのだ。

家族水入らずの食事が終わったあと、磐音は父の正睦(まさよし)に書院に呼ばれた。

「磐音、江戸在勤、ご苦労であった」

父は、改めて江戸勤番を労ってくれた。

「江戸家老の篠原どのはなにか申されなかったか」

「いえ、格別には」

「殿に隠居願いを出してある」

「隠居願い？　どなたのでございますか」

「わしのものに決まっているではないか」

「父上はまだまだ関前藩には必要なお方、隠居は早うございます」

正睦は、豊後関前藩六万石の財政立て直しに腕をふるっている最中で、藩主も財務能力を高く評価してくれていた。

豊後関前藩は、藩祖が備蓄した準備金を使い果たし、大坂の蔵元に銀二千六百貫（およそ四万二千両）の借財を筆頭に、江戸の札差《ふださし》にも前借り金があった。借財の総額は関前藩の実収三年分の蔵米《くらまい》にあたった。

藩士はすべて三分の一のお借上げ米の措置をとらされていた。だが、そんな消極策ではもうどうにもならないところまできていた。

正睦はまず、これまでばらばらに売っていた自藩の産物、干し海鼠《なまこ》、干し鮑《あわび》、干鰯《ほしか》（肥料）、判紙、椎茸などを一手に藩の物産所に集荷させ、それを借上げ弁才船《べざいせん》で上方や江戸に直接はこんで利益をあげる、独占的な流通機構を考え出し、軌道にのせたところだ。

それで関前藩が大坂の蔵元に借りている銀二千六百貫は、およそ十年で返却する見通しが立った。

「おまえももはや独り者ではなくなる。これからは坂崎家の実質的な当主として働いてもらわねばならぬ。そのために三年の江戸勤番があった」

江戸に出府する前、正睦は磐音に命じた。

「磐音、おまえの江戸在勤の目的は、偏に、徳川幕藩体制下で六万石の外様大名が生き残る途をさぐることじゃ。戦国の世が終わってすでに百五十余年、世の中を動かしている者は将軍家でも大名でもない。江戸と上方の商人たちがこの世を支配しておる。剣でも槍でもなく、金が社会を動かしておる。剣に没頭するのもよい。が、江戸に参ったら蔵前の札差や商人たちとも広く交わり、彼らから藩運営を学んで参れ」

磐音は、そのとき、父の言葉に反発をおぼえたものだ。

武士の表芸はあくまで剣であり、算盤ではないと考えていたからだ。

だが、江戸に出て、豪商たちがいかに金と物を武器に大名諸侯を牛耳っているか。その実態に接したとき、父の先見の明にうたれたものだった。

磐音は父の始めた藩事業をさらに発展させるべく、積極的に札差や廻船問屋たちと交わってきた。

国許に戻り、江戸での修学会の成果を関前で実践に移す。そのためには若い藩士や商人や百姓たちを広く集めて、力を借りようと考えていた。

このことは慎之輔と琴平の理解を得ている。

「そちからの早飛脚を受けとったあと、関前藩近隣に手を回し、備蓄の米麦、味噌、酒、干物、和紙などを集めた。ちょうどよい折りにそちが手配した大坂からの弁才船が三隻、風浦港に到着したのでな、夜を徹して荷揚げさせたわ。まことに時宜を得た判断であった……」

磐音は江戸の中枢部を全焼した火事が治まる前に早飛脚を関前に立てて、食料物資を江戸に送るよう要請していた。

「弁才船は、長い風待ちをすることなく江戸に到着、積み込まれてきた物品すべて売り尽くしてございます。関前での買上げ金、弁才船の借上げ賃などを差し引きましても、およそ千両ほどの利益が出たことになりますか」

そう父に報告した磐音は、

「江戸の人の難儀で金をもうけたようで、いささか気が引けることでございます」

と訴えた。

「磐音、それはちがうぞ。江戸の方々も待ち望んでおられた品々ゆえに高値で取引されたのじゃ。商いも時宜を得れば人助けなり。心得ちがいをいたすなよ」

頭を下げた磐音は話を戻した。

「で、父上の隠居願いの件でございますが、どうなりました」

「殿より直々に書状をいただき、拒まれた」

「当然でございましょう」

「だがな、磐音、おまえはわしの隠居うんぬんにかかわらず、来月より勘定方として出仕が決まった」

勘定方は父の意向を汲んで決められたことだなと磐音は思った。

「慎之輔はすでに当主、琴平も城勤めだ。おまえたちもこれまでのように遊びほうけているわけには参らぬ」

話はそれで終わったというように机の上に書類を広げようとした正睦に、磐音は訊いた。

「伊代になにか心配ごとでもありましょうか」

「伊代にか。いや、気がつかぬが、なにかあったか」

「胸のうちになにか隠しごとをしている様子なので、気になったのです」

「年頃の娘じゃ、たれぞと仲違いでもしたのではないか」

正睦は、書類に目を落とした。

二

屋敷小路を曲がれば御先手組の拝領屋敷の土塀が見える。

河出慎之輔の脳裏に、留守を守る舞と老母の顔が浮かんだ。

「慎之輔ではないか」

薄暗がりから声がかかった。

「叔父上でございますな」

母の弟にあたる小普請組（こぶしんぐみ）六十石の蔵持十三（くらもちじゅうぞう）が立っていた。

酒が好きで、酔った上の失敗談は数かぎりない。

「江戸から戻ったところか」

「はっ、そこで琴平や磐音と別れたばかりです」

「ちょうどよい。話がある」

十三は慎之輔を、小料理屋や遊郭や飲み屋が軒を連ねる須崎町にでも引っ張っていこうとする素振りを見せた。

「叔父上、お付き合いはまたにいたします。なにしろ江戸から立ち帰ったばかり、家族も待っておりますれば、まずは屋敷に戻りとうございます」

「そこじゃ。それでは遅い」

「なにが遅いのでございますか」

「話がある、少しだけ付き合え」

「困りましたな」

「長くは引き止めぬ」

十三は、強引にも慎之輔を港近くにある須崎町に連れていった。

馴染みらしい煮売り酒屋の小座敷に上がるとせかせかと酒を注文し、

「江戸からの帰着祝いじゃ。まずは一献（いっこん）……」

と十三は手酌で茶碗に酒を注ぎ、慎之輔の杯も満たした。

慎之輔はかたちばかり口をつけて訊いた。

「で、お話とはなんでございます」

「慎之輔、少し落ち着いて飲ませろ。話がしにくいわ」

十三は、酒びかりした額からこめかみに青黒い血管が浮き上がるまで立て続けに手酌で飲んだ。

慎之輔は、酒代を持ち合わせていない十三が偶然見かけて飲み屋に誘い出したのかと考えた。ならば四半刻（三十分）も付き合い、飲み代を置いて屋敷に戻ればよいと肚を決めた。

ふいに、酒に濁った十三の双眸(そうぼう)が慎之輔を睨(にら)んだ。

「関前に帰ったばかりのおぬしに言うのはちと酷な話じゃが、舞のことじゃ」

「舞が、どうかしましたか」

十三はしばし言葉を途切らせ、茶碗に酒をなみなみと注いだ。そして、一気に喉(のど)に流し込むと、

「舞に男がおる」

と言った。

慎之輔は唖然(あぜん)として叔父の酒焼けした顔を見ていたが、声も立てずに笑った。

とうとう酒毒が十三の脳を冒したか、と慎之輔は考えた。

「叔父上、悪い冗談ですぞ」

十三は顔の前で激しく手を振った。

「冗談でこんなことが言えるか」

「譫言(たわごと)ではないと、本気でおっしゃっておられるのか」

「おおっ、本気とも」

「叔父上、ならばお訊きしますが、さようなことを申されるにははっきりした証

拠があってのことでございましょうな」

「おぬしは知らぬであろうが、撞木町のはずれに近頃待合いができた。舞はそこでしばしば御番組頭(ごばんぐみがしら)千二百石、山尻三郎助(やまじりさぶろうすけ)様の次男と密会しておる」

「御番組頭山尻様の次男……」

慎之輔に山尻三郎助の次男のおぼえはない。

「次男とは、だれです。いや、叔父上、これは大きな間違いですぞ。舞にかぎってそのようなふしだらな」

「慎之輔、おれがおもしろおかしゅう告げ口をしていると思うてか。おぬしの家など堅物揃いじゃから、このような酒臭いところに出入りはすまい。じゃがのう、舞と頼禎(よりさだ)の仲はこの近辺では知らぬものとてない話じゃ」

慎之輔の頭が白くなった。

「おれも二人が待合いから出てくるところを目撃しておる。いやいや、酔ってはおらぬぞ。おれはな、他人の口からおぬしの耳に入るのを恐れたのじゃ。だからこうして話しておる」

慎之輔は、無意識のうちに空の杯に手酌で酒を満たしていた。

「頼禎とは、どんな男でございます」

「三郎助様の遠縁が筑前黒田藩の勘定方五百石とかでな、そこには子がおらん。そこで幼い頃に頼禎が養子に出された。ところがなにか不首尾があったとか、先頃実家に戻されてきた。年齢は二十五じゃ……」

何杯か酒を重ねた。

旅の疲れと怒りでじんわりと酔いが回ってきた。

そう考えれば、先ほどの坂崎伊代の哀れのこもった眼差しが気になった。

伊代はなにかを伝えたくて、三人の帰りを三日も一石橋で待っていたのではないのか。

「叔父上、今晩は飲みますか」

慎之輔は、旅塵にまみれた羽織を脱ぎ捨てた。

小林琴平は、用人の声で起こされた。

障子の向こうにはまだ夜の重い気配があった。

帰国祝いの膳の酒で気持ちよく酔い、眠りについてそう時がたったとも思えない。

「なにか火急の用事か」

用人は、河出慎之輔の屋敷から使いが来たと伝えた。

「何刻じゃ」

「七つ（午前四時）を回った頃かと」

琴平は飛び起きた。

なにが起こったにしろ、緊急の事態であることにまちがいあるまい。

寝間着を脱いだ。部屋の隅の乱れ箱に用意されてあった単衣に袖を通すと手早く帯を巻き付け、脇差だけを差して玄関に立った。

琴平も顔におぼえのある老爺の弥七が顔面を蒼白にして、身を震わせていた。

「弥七、なにが出来した」

「旦那様が奥様をお手討ちに」

そこまで言うと老爺はぽろぽろと泣き出した。

「戯けたことを……」

と怒鳴りかけたが、弥七の顔には必死の形相があり、作為など見えなかった。

「舞が手討ちになったとはどういうことか」

「はい、夜半過ぎにお戻りになられて、舞様をいきなりお手討ちになさいました」

やはり弥七は惚けたなと琴平は思った。

慎之輔と別れたのは夕暮れ前のことだ。夜半過ぎに屋敷に戻ったなどと奇妙なことを口走る弥七に問い質した。

「江戸から戻ったのが夜半過ぎというか。それとも慎之輔は帰邸したのち、他出いたしたか」

「いえ、旅仕度のまま、草鞋をお履きになったまま、舞様の下へ参られました」

「なんと……」

（大手門の辻で別れたのは夕刻であった。そのあと、何刻も慎之輔はどこにいたのか）

と考えながらも、

（慎之輔が舞を成敗したなどということがあろうか……）

という疑いを消しきれないでいた。

慎之輔と舞は物心ついたときから、相思相愛の仲であった。

四歳の舞が、

「兄上、私は慎之輔様のお嫁様になります」

と琴平に告げてのち、慎之輔にそのことを問うた。

「おれも舞どのを嫁にする」

と重々しく答えたものだ。

その後、二人の仲が一瞬たりとも揺らいだことはなかった。

河出と小林の両家でもいつしか二人を許婚のように遇して、慎之輔の江戸出府が決まった秋、二人は祝言を挙げた。

（二年ぶりの舞との再会の嬉しさを旅の間も隠すことのなかった慎之輔が、刃傷沙汰を起こすとは……）

「琴平様、ほんとうのことでございます」

弥七は身を捩るようにして、涙でくしゃくしゃになった顔を上げた。

慎之輔が舞を手討ちにしたのはどうやら真実らしい。

琴平は自分を納得させた。それでもまだ訊ねた。

「慎之輔は錯乱した様子であったか」

玄関先の騒ぎに母の鶴女と妹の奈緒が姿を見せた。

二人の顔はすでに真っ青だ。

父は中気で奥座敷に臥せっていた。

「いきなり舞様に斬りかかられたのです」

弥七は同じことを繰り返した。

「舞の怪我は重いのでございますか」

鶴女が訊いた。

「それがすでに絶命なされて」

「なんと……」

奈緒が悲鳴を上げた。

「婿どのからの口上がおありか」

鶴女がさらに口をはさんだ。

老爺の弥七は手拭いで涙と鼻汁を拭うと、突っかえ突っかえ述べた。

「舞様、婦道に堕ちる不義の罪あり。成敗したによって死骸を引き取りに参れ、とのことでございました」

弥七は再び手拭いを顔にあてた。

「姉上！」

小さな叫びを上げた奈緒が奥へと駆け込んでいった。

「口上、確かに受けとった。小林琴平が妹の亡骸に面会いたすべく参上いたすと慎之輔に伝えよ」

琴平は母に視線を向け、

「母上、なにか思いあたることがございますか」

と訊いた。

鶴女は顔を横に振り、

「あの慎之輔どのが舞を手討ちにしたにはよほどの子細がありましょう」

「母上は舞が手討ちにされる不義をなしたと言われるか」

琴平は叫ぶように訊いた。

「いえ、そうではない。じゃがあの慎之輔どのが錯乱なさるには理由があろうかと思われてな」

琴平は母をその場に残すと部屋に戻り、高ぶった気持ちを鎮めるようにゆっくりと外出の仕度を始めた。

河出慎之輔の屋敷の門前は大きく開け放たれていた。

小林琴平が竹馬の友の門前に立ったとき、うっすらとした朝の光が門前に差し込んできた。

薄い靄が屋敷内に漂っていた。

風が吹いて、靄が散じていった。

すると玄関の式台の前に、白い打ち掛けを掛けられた小山があった。

舞の亡骸であろうか。

琴平は未だ河出慎之輔が舞を斬り殺したとは信じたくなかった。

が、眼前の光景は狂気の陰を明白に残していた。

琴平は式台の上の花に視線をやった。

舞の手によるものであろう、備前の大壷におおぶりに活けられた牡丹が、夏の薄い光に残酷に映えて、浮かび上がっていた。

小林琴平はゆったりとした歩みで石畳を進んだ。

打ち掛けから舞の顔がわずかにこぼれていた。

白い横顔にほつれ毛がへばりついて、血の染みが首筋に点々と滲んでいた。

玄関先に立った琴平は、

「慎之輔、舞の亡骸を引き取りに参った！」

と奥へ向かって怒鳴った。

「おうっ！」

大声がしたかと思うと河出慎之輔が姿を見せた。

両眼は血走り、形相が変わっていた。

全身から汗に混じって酒の臭いが漂った。

「河出慎之輔、舞を手討ちにしたとあるが、その理由を承ろう」

おおっ、と今一度慎之輔が叫んだ。

「舞は、御番組頭山尻三郎助様の次男、頼禎どのと不義いたしこと調べにより明白。よって武家の作法に従い、成敗いたした。琴平、子細は以上じゃ」

「慎之輔、酒に酔いくらっておるな」

「それがどうした」

「痴れ者めが！」

と琴平が一喝した。

「舞の貞節は、おぬしが一番承知のはずじゃ。ふだんのおぬしにもあるまじき言動。そのような不分明な口上で舞を引き取れるか」

「舞はそれがしの江戸勤番をよいことに頼禎どのと密会いたしたは、撞木町、須崎町一帯の知るところ……」

「撞木町や須崎町は、酒の肴にあらぬことまでを口の端にのせるところじゃ。それを真に受けおって、おぬし、正気か」

琴平の気持ちは静かに冷めていた。

「武家の妻がそのような噂になることがすでに油断……」

琴平はだれが真面目一辺倒の慎之輔をそそのかしたのかと考えていた。

「慎之輔、おぬしは本当に舞の不貞を信じておるのか。おぬしに嫁ぐことを幼き日から夢見てきた舞がそのようなことをすると思うか。いや、おぬしは舞にこのことを問うたか」

「おおっ、問うたぞ、問うたぞ。舞は一言も反論できなかったわ」

おかしい！　と琴平は叫んでいた。

「江戸より二年ぶりに帰参した主人が酒に酔い痴れて、いきなりそのようなことを言い出せば、だれが釈明できる。呆れて答えに窮するは当然のこと……」

「琴平、証人もおる！」

慎之輔は叫ぶと、はらはらと涙を流した。

「証人とはだれのことじゃ」

慎之輔の背後からゆらりと蔵持十三が姿を見せた。

「琴平どの、それがしが、撞木町の待合いから二人が出てきたところを目撃しておる」

「江戸から帰省したばかりの慎之輔をたぶらかしたのは、蔵持様ですか」

「たぶらかしたは人聞きが悪い」

「酒癖が悪いとは聞いておったが、どうやら脳を酒毒に冒されているようじゃな」

「おとなしく聞いておれば……」

刀の柄に片手を置いた十三は、酔いにふらつく足で琴平の下に降りてきた。

「痴れ者が！」

琴平の自制心はそこでぷっつりと切れた。

憤怒が火炎と燃え上がって弾けた。

腰を沈めた琴平は、抜き打ちざまに十三の肩口を袈裟懸けに斬り下げた。

「くえっ！」

と奇妙な声を洩らした十三が、
どどっ……

と横倒しに玄関先に倒れて、血を振り撒いた。

血振りをくれた刀を琴平は鞘におさめた。

「慎之輔、挨拶は後日改めていたす。舞の亡骸、受け取って参る」

慎之輔は琴平の一撃を、十三の死を、雷にでも打たれたように呆然と見ていた。

琴平は連れてきた小林家の小者に合図した。

小者たちが門前に姿を見せると、打ち掛けにくるんだままの舞の体を、用意してきた戸板に載せた。

「屋敷に運べ！」

琴平の命に、亡骸を運ぶ一行は切石を敷いた石畳を門へと向かった。

琴平も妹に従った。

「舞、行くな！」

突然迷いから覚めたように慎之輔が叫んで、式台を走りおりてこようとした。

「琴平、舞はわしの妻じゃ」

琴平が振り返った。

魂を抜かれた者のように慎之輔がふらふらと追ってくる。

「愚か者が！　もはや遅いわ」

慎之輔が刀を抜いた。

「戻せ、舞を戻せ！」

慎之輔の顔に狂気が濃くこびりついていた。

「舞はおれのものじゃ！」

慎之輔が刀を翳して、琴平に迫ってきた。

「そこまで血迷うたか」

幼馴染みと対面した琴平の腰が沈んだ。

いったん鞘に納めた剣が鞘走った。

「琴平様」

小者の一人が叫んでいた。

が、琴平は、血刀を翳して蹌踉と歩みくる慎之輔の額に憤怒の一撃を叩きつけていた。

「うおおっ！」

飛び散る鮮血が二度三度、朝の光に染められ、河出慎之輔は敷石に倒れ込む前に絶命していた。

三

豊後関前城下の目付屋敷は騒然とした緊張に包まれていた。

門前には抜き身の槍を携えた門番がきびしい顔で屋敷の警戒にあたっている。

坂崎磐音は、玄関先で、白鉢巻きに襷掛け（たすきが）けと物々しい出で立ちの若侍の一人に訪（おとな）いを告げた。

三年の江戸在勤のあいだに磐音の顔を知らぬ下士もいた。

身分をしつこく質された後にようやく座敷に案内された。

「坂崎磐音、参上いたしました……」

「おお、坂崎か、待っておった」

豊後関前藩の目付頭、東源之丞（ひがしげんのじょう）が脂ぎった顔を向けた。

磐音が剣の手ほどきを受けた中戸道場の先輩にあたる。

ひさしぶりに対面した東はたっぷりと肉をつけていた。

「およそのことは使いの者より聞いたか」

「河出慎之輔と小林琴平が斬り合いにおよび、慎之輔が落命したとか」

東は大儀そうに頷いた。

「なにゆえ二人は争いにおよんだのですか」

東は磐音の不審をのんだ問いには答えず、訊いた。

「江戸よりの道中、河出と小林が遺恨に思うような出来事があったかどうじゃ」

「何一つそのようなことはございませなんだ。昨夕、大手門に向かう四辻において、それがしの祝言の席で会おうと笑い合って別れたのが最後にございます。二人が剣をもって争うなど夢々考えられないことにございます」

「そのほうらの関前帰着を知っていた者はいるか」

「江戸よりおよその日程は、藩にもそれぞれの家族にも知らせてあります。しかしながら、城下到着は上方からの船次第……」

江戸から大坂までは陸路、大坂からは便船を見つけて九州に上陸する。それが磐音らがつかまえた船は豊後の臼杵湊(うすきみなと)行き、そこから歩いて関前に辿(たど)りついたのだ。

ただ、と磐音は答えていた。

「……それがしの妹の伊代が一石橋のたもとで待っておりましたゆえ、三人の城下帰着を予測した者が他にいるやもしれませぬ」

「なに、妹が一石橋に」

「妹は、夕暮れになると迎えに出て、三日目にわれらと出会うたのでございます」

「三日とは、なにか子細のあってのことか」

「いえ、江戸土産を楽しみに迎えに出たのでございます」

磬音は、伊代の出迎えに一抹の不安を抱いていた。

三人が屋敷に帰着する前に知らせておきたいことがあったのではないか。

それゆえ目付頭の問いを曖昧（あいまい）に濁した。

「河出慎之輔はな、おぬしらと大手門前の辻で別れた後、屋敷小路あたりで叔父の蔵持十三に会っておる」

「蔵持様がなにかかかわりを」

「蔵持も慎之輔と一緒に琴平に斬り殺された。おそらく慎之輔に舞どのの不貞を告げ、成敗を唆（そその）かしたのは、須崎町の飲み屋に誘い込んだ蔵持であろう」

「待ってくだされ！」

と磬音は叫んでいた。

「東様、舞どのが不貞をしたと申されましたか」

磬音の問いに、東は迂闊（うかつ）に洩らしたが、答えに窮した。

「東様、われら三家族の者は、幼少の頃より兄弟姉妹同様に育ってきた間柄にございます。舞どのはそれがしの妻になる者の姉、どこでどう不貞などという話になったのか、それがしには理解がつきません」

「この噂は、数か月前より撞木町や須崎町あたりには、藩上士の奥方の不貞話として流れておったそうな」

「舞どのにかぎってそのようなことはありえませぬ。それとも特定されたと言われるか」

東は疲労の漂う顔を手で撫でた。

「勘定方の奥方とか旗奉行の後家とか、諸説あったらしい。しかしなあ、勘定方の奥方はすでに四十をこえておられる。まして旗奉行の後家様は、棺おけに片足を突っ込んでおるご年配じゃ。なんとも埒もない酔っ払いの噂話であった。それがおよそふた月ほど前から、河出慎之輔の女房が撞木町の待合いでたびたび見かけられたという風に風聞が具体的になってきた……」

「呆れました。東様、ならばお訊きします。その舞どのの相手とやらはどなたでございましょう」

磐音は皮肉をこめて目付頭に訊いた。

東は真面目に答えた。

「御番組頭の次男山尻頼禎……」

磐音はしばし考えた。

「幼少の折り、筑前黒田藩の縁者の家に養子に入られた方ではありませぬか」

「覚えていたか。それが養家から離縁されて、先頃より関前に戻っておる」

「舞どのと頼禎どのに縁があったとも思えませんが……」

「ない。おそらくなかったであろう」

磐音は、知らねばならないことを尋ねた。

「東様、琴平はただ今どちらにおりましょうや」

「舞どのの亡骸に伴い、屋敷に戻ったことは知れておる。その後、門を閉め切ってこもったままじゃ。屋敷の内外はすでにわしの手勢がかためておる。藩の方針が出るまでの仮閉門というわけじゃ」

「東様、琴平がお沙汰を待ってじっとしているとも思えません。それがしが琴平に会います」

「坂崎、理由はどうであれ、小林琴平はすでに慎之輔と蔵持を殺害した人間じゃ。会わせるわけにはいかん」

「ではどうなさるおつもりです」

「これより城中に上がり、重役方と面談をいたし、目付としての進言をいたす」

「ご進言に？　存じ寄りの内容をお聞かせ願えますか」

　東は磐音の問いに躊躇した。

が、しばらくあって磐音が中老の世嗣と考えたか、口を開いた。

「河出慎之輔のあまりにも軽々とした妻殺害は、藩を軽んじた所業である。まず河出は、ことの真相の是非を慎重に調べ、藩に上申してその裁可を仰ぐべきであった……」

「妻の不貞の流言を藩の上司に伺うのですか」

「妻女といえども妄りに処罰していいわけもない。坂崎、武家には武家の作法がある」

「…………」

「また舞の兄琴平を夜明け前に屋敷に呼び出したは、死者を鞭うち、さらには一族の者まで辱める行為、士道に悖る振る舞いであった……」

　磐音には、東の判断がどこか自分の気持ちとはかけはなれたものに思えた。

「……一方、小林琴平の行動じゃが、妹の汚名を一方的に知らされ、死骸まで見せられて憤怒したは肉親として当然の情である。理不尽な振る舞いに蔵持、河出の両名を討ち果たしたは、士道に照らしてもっとものことである。それでこそ、いざというときに主君の恩に報いることができよう」

「東様は琴平に罪なしと判断されたわけですね」

ならば琴平は門前を閉め切って他人の介入を阻止しようとする必要もなし、また目付の手勢も琴平の屋敷を取り囲むこともない。

「坂崎、これはわれら目付の存じ寄り、重役方の評議はわれらの上申をもとに裁可される」

廊下をばたばたと走る音がして、東の配下の者が現われた。

「御番組頭山尻三郎助様の屋敷に小林琴平が乱入した由にございます」

「たわけが！」

東が怒鳴った。

「あれほど申し聞かせておいたに、なぜ見逃した」

「隣家、世羅様の塀を乗り越えて外に出られました」

東は、小林家の警戒にあたらせていた配下の者を山尻の屋敷に移動させる命をあたえると同時に、応援の者を送り込む手配をした。

「坂崎、これで重役方の心証も悪いほうに傾くやもしれぬ」

東は磐音に城中に従うよう命じた。

「目付頭、考え違いである」

国家老宍戸文六の大声が大書院に響き、控えの間の磬音のもとまで聞こえてきた。

かつては豊後関前の礎とまでいわれた宍戸は老境に入り、独善的な判断が目につくようになって藩政に狂いを生じさせていた。

江戸での磬音たちの修学会もまた、宍戸を中心とした十年一日の如き藩政を改革することにあったのだ。

「主、江戸勤番中の妻女に不貞の流言が出ることこそ、武士の妻として油断じゃ。河出慎之輔が妻を殺害した行為は、藩を軽んじているとはいえまい。その折り、河出がわれらに妻女の処断で判断を仰ぐようでは、軟弱の咎め逃れがたし。また、慎之輔が小林琴平に不倫の顛末を言い聞かせたは成敗の事由を述べたまで、恥辱を与えようとしたわけではない。よって武士にあらざる仕方とは申すまじ……」

目付の東の判断とはまるで正反対の転換であった。

「舞が婦道にもとる罪科を犯したは、これ明白なり。小林琴平は妹の亡骸を受け取り、静かに立ち去るべきを、河出慎之輔および蔵持十三まで斬ったは、道理を弁え（わきま）ぬ行為である。まして城下を騒がし、山尻の屋敷に立てこもるなど言語道断である」

宍戸は明言し、さらに、

「東、おぬしが陣頭指揮をとり、小林琴平を速やかに召しとってまいれ」

と命じた。

磐音は老人の独断的な裁可を空しく聞いていた。

これで一転、琴平は罪を犯した科人（とがにん）になってしまった。

「はっ、早速手配りを……」

東は磐音を同道してきたことなど忘れて、早々に大書院から立ち去っていった。

審問の席にあった中老坂崎正睦は倅（せがれ）の磐音が隣室に控えていることを承知していたらしく、

「坂崎磐音、これへ」

と東の去った大書院に磐音を呼び入れた。

「そのほうが、騒ぎを起こした二名の者のかたわれか」

文六が怒りを湛えた視線を磐音に向け、正睦が静かに口を開いた。

「磐音、琴平は目付頭の指示に従うと思うか」

「おそらくは……」

磐音が首を横に振った。

「ならば上意討ちにするまでじゃ」

宍戸が苛立ったように言い放った。

「おそれながら小林琴平は、江戸で一、二を争う佐々木道場で目録を得た剣士にございます。力を持って押していかれますならば、討ち手の方々に大勢の怪我人が出るは必定……」

磐音はそう答えながらもなぜ琴平が目付の手勢に捕縛されねばならないか、そのことを理不尽と思っていた。

「東の配下にも腕利きはおろう。それに多勢に無勢じゃ、なにほどのことがあろうか」

「ご重役方にお願い申し上げます。河出舞どのが不貞の噂話の出所を究明していただくことこそ、肝要かと存じます。この流言こそが今回の事件の発端、あまりにも曖昧としており、無責任極まります」

「もはや時期を失したわ」

「ご家老様、時期は決して失しておりません。琴平は是非の分からぬ者ではありません。事の起こりから説きますならば、おのれの身の振り方は承知しております」

「磐音の言うことも一理……」

分家の当主福坂志山(しざん)が言い出した。

江戸にある藩主の叔父にあたる。

宍戸文六も分家に面と向かって反対はできない。

「なんぞ手立てがあるか」

正睦が磐音の顔を見た。

「会ってみたき者がございます。お許しいただけますか」

宍戸に一座の者の視線が集中した。

宍戸も立場を悟ったらしい。

「坂崎、時間はないぞ」

と釘を刺した宍戸は、

「調べで分かったことあらば、早急にわれらに知らせよ」

と命じて許しを与えた。

磐音は大書院から退出した。


妹の伊代は仏間にいた。

「伊代、琴平が慎之輔を斬った上に山尻の屋敷に立てこもっておるそうな」

磐音は妹に事件の経緯（いきさつ）を話し、

「なぜそなたは一石橋まで我らを迎えに出たな」

と質した。

伊代はしばらく仏壇の灯明（とうみょう）が揺らぐのを見ていたが、

「このようなことが起こるのではと心配しておりました」

と兄の顔を振り見た。

「よし、話を聞こう」

「頼禎様のお目当ては、舞様ではありませなんだ。奈緒様にあったのでございます」

「なにっ！　奈緒どのに」

磐音は思わぬ展開に狼狽（ろうばい）を感じつつ、

「伊代、兄にすべてを話してくれ」

と願った。

「お聞きください……」

ふた月ほど前、河出舞の発案で妹の小林奈緒と坂崎伊代を誘い合わせて、城下外れの乗晋寺に墓参りに向かった。

小林家の菩提寺に集まり、先祖の墓の供養をする。

だが、女たちの一番の目的は、最近店開きした料理茶屋に寄って、食事をして帰ることであったという。

桜の季節、女たちだけの命の洗濯であった。

磐音ら三人の男たちが兄弟同様に親しい交わりを重ねてきたように、三家族の女たちもまた姉妹とみまごう仲のよさであった。

「私どもが茶屋の亀の緒に入ったのが昼過ぎのことでございました。あらかじめ予約を入れておりましたので庭の見える座敷に通されました……」

三人の女たちが京で修業したという料理人の腕と、豊後関前の海でとれる新鮮な魚介類をふんだんに使った料理を堪能し終えたとき、女中が困惑した顔で現われた。

「あちらのお客様がどうしてもご挨拶がしたいと申しておられまして」

「どなた様でございましょう」

すでに所帯を持った女の貫禄を見せて舞が訊いた。

そのとき、店の者が制止する声を無視して廊下に荒々しい足音が響いた。

「それがしでござる」

酔いを顔に染めた若い武士が敷居に立った。

美貌を十分に意識した訪問者の全身から自堕落な匂いが漂っている。

「どうやら座敷を間違えておられる様子でございますな。店の者、案内をしてござれ」

舞が、当惑して佇む女中に命じた。

「間違えており申さん。それがし御番組頭山尻三郎助の次男、頼禎でござる。関前城下で評判の三美人にご挨拶をと参上した次第……」

「山尻様、それはそれはご丁寧に。さりながらここは筑前黒田様の御城下ほど大きい都ではございません。酒の上の所業もたちどころに城下じゅうに広まる小さな町でございます。酔興もほどほどになさいませ」

「そちが河出どのの奥方か。それがしはそなたの妹御に惚(ほ)れ申した。酒のお相手を付き合うていただこう」

「山尻様、奈緒はすでにご家中の方との結納も済ませた身、おたわむれが過ぎますぞ」

「結納、どなたかな」

「山尻の若様」

騒ぎを聞きつけて茶屋の女将(おかみ)が駆けつけてきた。

頼禎がよろよろと座敷に入り込もうとするのを女将が押しとどめて、なんとか自分の座敷に連れ戻した。

伊代たちはその隙に店を出た。

「……それで事は済まなかったのでございます。頼禎様は小林の家に京下りの反物やら扇子、紅白粉(べにおしろい)まで届けてこられて、手を替え品を替え奈緒様への面会を強要なされたのでございます。また外出の先々に姿を見せられて……。それを知った舞様が山尻様のお屋敷に手紙を届けられ、事の是非を説かれました。そうしたところ、今度は舞様あてに返事が参って、多大な迷惑をかけた、ついては謝罪したいので指定の場所までお出向きいただきたい、という申し出がありました」

「舞どのが奈緒どのに代わって、出向いたというのか」

「案内人に、義理の叔父にあたられる蔵持十三様が見えられたもので」

「なんと、蔵持十三はそのようなかかわりであったか」

「兄上、舞様はこれまで奈緒様のところに届けられてきた品々を返しに行かれたのです」

舞は蔵持が同道したゆえに安心して撞木町に出掛けたか。

「舞様は、座敷に入ることなく品物を廊下に置かれ、頼禎様をはげしく詰られた後、これ以上、付きまとうようなら藩庁に訴えることを言いのこされてお戻りなされたそうです。これで奈緒様への誘いかけはなくなりました。ですがその後、舞様がしばしば怪しげなところで見かけられたという流言が城下に流れはじめたのでございます」

「舞どのは、そのことを知らなんだか」

「もちろん、お耳には入っておられました。ですが舞様のお性格、埒もない噂などすぐに消えますと笑っておられました」

(伊代、一石橋でおまえが話しておれば……)

という言葉を胸に黒く溜めた磬音は、思い悩んだであろう妹に言った。

「およそのことは相分かった」

養家から戻された遊湯児と酒毒に士道を忘れた中年男が流した悪意のこもった流言が友夫婦を死に追いやり、もう一人をも破滅させようとしていた。

四

「磐音様」

用人が血相を変えて廊下を走ってきた。

「お城からの急使でございます。琴平様が山尻家の次男頼禎様を斬り殺されて、屋敷の外に投げ出されたとか……」

磐音は悪寒を感じて両眼をつぶった。

「兄上様」

「伊代、この兄にもしものことあらば、奈緒どのを頼む」

磐音は、江戸土産に買いもとめた伽羅（きゃら）の匂い袋を妹に託して立ち上がった。

坂崎磐音は、抜刀した五人の目付配下の者たちが御番組頭山尻三郎助の屋敷にじりじり接近していくのを、少し離れた御番ノ辻から眺めていた。

門前には山尻頼禎の死骸が転がっている。

亡骸の上の塀からは朴の花が黄白色の九弁の花をのぞかせ、あたりに芳香を放っていた。梅雨を前にした関前の空には真夏とみまごう炎熱の太陽があって、地面からゆらゆらと陽炎が立ち昇っていた。

目付頭の東源之丞が、門前にとりついた配下の者たちに腕を振って突入を命じた。

手槍を持った一人が閉ざされた門扉に手をかけた。すると閂が掛かっていなかったか、ぐいっと開いた。

「東どの、遅うなりました」

磐音はその声に振り返った。

豊後関前藩に伝えられる神伝一刀流の継承者で道場主の中戸信継が、額に汗をうっすらかいて立っている。

「師匠」

「おお、磐音か」

三年ぶりに会う師の顔には重苦しい苦悩が刷かれて見えた。

「なんとも……」

信継はただ頷いた。

屋敷にこもる琴平も討ち手たちも信継の弟子であった。

「過日、佐々木玲圓先生より手紙をいただいた。そなたらに目録を与える心づもりとあったが」

「琴平とそれがし、関前での精進を条件にお許しをいただきました」

「藤田らではちと心もとないか」

信継の心中は複雑であったろう。

声音に不安がこもってみえる。

「行くぞ」

東が呟いた。

門扉を半開きにして、門の内部を窺っていた目付の一人が、

「主命によって小林琴平を上意討ちにいたす、神妙にいたせ！」

と怒鳴った。

屋敷の内からはなんの反応もなかった。

五人は目配せするようにお互いの顔を見合っていた。

「行け、行かぬか！」

東が怒鳴った。

「はっ、はあ」

覚悟を決めたか、甲高い気合いを上げると門の中に走り込んでいった。が、なんの騒ぎも起こらなかった。

深い静寂の中、蟬が鳴き出した。

「……暑い、えらく暑い」

東が太った体を揺すって言った。

磐音は日向の路面に目を落とした。

蟻が蟬の抜け殻をかかえて運んでいこうとしていた。

その前に立ち塞がった大蟷螂（かまきり）が横取りしようとした。

蟻たちはいったん散った。が、蟷螂が持ち去ろうとする空蟬（うつせみ）を遠巻きに囲んだ。

御番ノ辻を南風が吹き抜け、砂塵を巻き上げた。

「うっ、はあああっ！」

屋敷の中から叫びが上がった。

門扉の片側がゆっくりと動いて開き、だらりと垂らした片手に抜き身を持った討ち手の一人がよろめき出てきた。そして、磐音たちの待機する場所に歩いてこようとした。が、二、三歩で力尽き、顔から地面に倒れ込んでいった。

熱風は熄んだ。

さらに門内から悲鳴とも絶叫ともつかぬ声が立て続けに起こり、不意に静まった。

「……終わった」

東が呟いた。

磐音は、

（なにも終わってはいない）

と地面にまた視線を落とした。

大蟷螂は空蟬を日陰に運び込もうとしていた。

諦めきれない蟻たちはそれでも反撃の機会を狙って尾いていく。

長い時間が流れた。

東が偵察の者を出そうとしたとき、門扉が大きく開かれた。

山尻家の小者たちが、四体の亡骸を次々に門前に運び出してきた。

「くそっ！　馬鹿にしくさって」

配下の者をことごとく殺害された東は憤激していた。

「鉄砲隊、待機しておるか」

「東どの」

中戸信継が声をかけると刀の下げ緒をはずした。

「小林琴平はわが弟子にございます。よもや師匠のそれがしに刃向かいはいたしますまい」

「中戸先生、彼奴はすでに八人を殺害、もはや尋常ではありませぬ」

「そのときは、わが手で始末するまで」

磐音は蟻の一団が蟷螂に反撃し始めたのを確かめると師匠を振り見た。

「先生、琴平に真実を告げとうございます。舞どのは、不貞など一切ありませなんだ。無責任なる流言が舞どのを死なせ、慎之輔に常軌を逸せさせ、琴平に行動を起こさせたのでございます。なんとしてもそれだけは……」

信継は下げ緒で襷をかける動きを止めた。

「わしは、わしはおぬしまで失うのか」

信継は磐音の覚悟をたしかめるように正視した後、下げ緒を差し出した。

磐音は師匠の下げ緒で襷にかけると六体の亡骸の転がる門前に歩いていった。

蟬の声が再び始まっていた。

山尻頼禎の亡骸には蠅がたかっている。

「琴平、坂崎磐音じゃ」

門前でそう名乗った磐音は、伊代から聞いたことの次第を大声で述べたてた。

舞どのが不貞などに一切関わっていないことを関前城下じゅうに知らせておきたい、そんな思いが大声を上げさせた。

磐音は叫びながら、やりきれないほどの空しい思いに駆られていた。

屋敷のうちは森閑として、真夏とまごう暑さだけが御番ノ辻一帯を支配している。

磐音の額からゆっくりと汗が流れて、目に染みた。

屋敷うちの炎暑が揺らいで、影が立った。

「琴平」

紬（つむぎ）の胸は血に染まり、髪は逆立って、手には抜き身を下げていた。

「もはやどうにもならん」

二人の友は空しく視線を交錯させた。

「磐音、望みがある。おぬしとの尋常の勝負じゃ」

坂崎磐音は、ただ頷いた。

琴平には死しか残されていなかった。

（ならば……）

磐音は草履を脱ぎ捨てると伝来の備中鍛冶青江が鍛えた二尺四寸二分（七十三センチ）を静かに抜いた。琴平は、すたすたと門前に姿を見せた。

御番ノ辻が沸いた。

が、すぐに息をのんだように静まった。

蝉すらも気配を感じてか、羽音を消した世界に戻った。

琴平はいつもの立ち合いのように、磐音の喉元に切っ先を向ける突きの姿勢をとった。

磐音は、少し引いた左足に体重をかけた姿勢で正眼に構えた。

間合いは三間。

その姿勢で二人の動きは止まった。

琴平も磐音も動き出せば死の終局まで止まらないことを知っていた。

停止したときはどちらかが斃れるときだ。

二人の影だけがのろやかに移動していく。

暑い空気がさらに濃密に膨らんでいく。

あとはきっかけがあればいい。

息苦しい中でだれもが考えたとき、戦いは始まった。

琴平の剣が一条の光となって磐音の喉首に吸い込まれるように伸びてきた。

磐音は踏み込むと青江の大帽子(きっさき)ではらった。

が、琴平の剣先は二段構えに伸びてきた。

磐音はさらに前進しつつ、鍔元で叩くようにはらう。

琴平の態勢が左足一本で素早く回転し、胴を薙(な)いできた。

磐音は予測していた。

払い返す。

琴平の攻撃は、面に変化し、小手(こて)斬りにおりて、地面を這うと磐音の内股にすり上がって際限なく繰り返された。

磐音はひたすら琴平の眼の動きを読んで行動した。

読み違えれば死が待ち受けていた。

琴平はひたすら攻撃し、磐音は執拗に躱(かわ)しながら門前から無言の人々が見守る御番ノ辻に移動してきた。

押しているのは小林琴平であった。

受けに回っているのは坂崎磐音であった。

曲線をえがきつつ打ち込まれる攻撃と直線的にはらわれる防御が一部の狂いもなく上下し、左右に振られて続けられた。

すでに磐音の手は、一振りの鋼（はがね）の激突にしびれ、徐々に感覚を喪いつつあった。受けが乱れ、払い切れなくなっていた。

琴平の刃が磐音の右手首を斬り裂いた。

さらには左肘を、内股を抉った。

動き回るたびに足首から血がしたたり落ち、路面を染めた。

磐音は、朦朧（もうろう）とする意識の中で死を見ていた。

（奈緒……）

ふいに白い顔が浮かび、痛撃が脇腹を走った。

失われていこうとする意識を痛みが覚醒させた。

ねばりつく攻撃に一瞬の遅滞が生じた。

そのことを剣者磐音の本能が察知した。

琴平の剣の襲来を背に覚えつつ前方に走った。

走り抜けた。

間合いの外に抜けていた。

連続した攻撃の輪がふいに閉じた。

ゆっくりと振り見たとき、琴平が呆然と立っていた。

(のがした……)

蟷螂と蟻は二度目の対峙(たいじ)に入った。

磐音は、青江二尺四寸二分を脇構えに移した。

姿勢を低くして両眼を細めた。

中戸信継が名付けた、居眠り磐音の待ちの姿勢。

琴平は、剣を炎暑の空に突き上げるように八双(はっそう)に立てた。

「うおおっ……」

雄叫びとともに琴平が疾走してきた。

間合いに入った瞬間、琴平の上体が伸び上がり、鎌首を持ち上げた大蛇のように磐音の肩口に剣が振りおろされた。

磐音の斜に構えられた剣が、伸びきった琴平の胴を薙いだ。

二人は絡み合うように静止した。

琴平の剣は肩口で止まっていた。
磐音の刃は琴平の胴を深々と斬り裂いていた。
「居眠り磐音がとうとう本性を……」
琴平が呟くと崩れるように沈んだ。
磐音は、琴平の体から流れ出す血が乾いた地面に吸い込まれていくのを見ていた。
そのかたわらを蟻たちが空蝉を運んでいく。
ゆらりと体を回した磐音の視線の奥に白い顔が浮かんだ。
（奈緒……）
幻影が消えていこうした。
徒労だけが鈍く全身にうずいていた。
（兄の琴平を殺したおれが妹のそなたを娶るわけにはいくまい）
夢も絶えた。
（藩政改革も慎之輔と琴平を失った今、有名無実のものになった）
地面に倒れ込もうとする磐音を伽羅の匂いが包んだ。
磐音は幻の匂いに包まれながら、

（もはや豊後関前では生きてはいけぬな……）

と考えていた。

第二章　暗雲広小路

一

坂崎磐音は足を引きずるようにして新大橋を渡った。

明和九年十月の中旬、江戸の町を木枯らしが吹き抜けていた。

夕刻前、大川の水面を渡ってきた筑波おろしが磐音の体を縮み上がらせた。すると親友の小林琴平との斬り合いで受けた傷が引きつるように痛んだ。

磐音は継ぎの当たった古着の綿入れに股引きを穿(は)き、頬被(ほおかむ)りしていた。腰には脇差だけを差していた。それが磐音の武士としての体面をなんとか保っていた。

長さ百十六間の新大橋を渡り切ると御籾蔵(おもみぐら)にぶつかった。

磐音は右に曲がり、御籾蔵の塀に沿って左に折れた。蔵の右手は町家で深川元町、六間堀町と続いて、小名木川と竪川を結ぶ堀に出た。

その堀に猿子橋が架かっていて、南六間堀町とを結んでいた。

磐音は六間堀町の裏長屋、金兵衛長屋の木戸を潜ろうとして、猿子橋の袂にどてらを着た大家の金兵衛が立っているのを認めた。

(今月の家賃はまだ半分しか払ってないな……)

後ろめたい気持ちを抑えて、

「金兵衛どの、風邪はどうかな」

と訊いた。

堀の下を覗いていた大家が振り向き、

「なかなか抜けんでな、困っておる」

と咳をした。

金兵衛が堀下を覗いていたのは長屋の子供たちが鰻筒から竹笊に獲物を出しているからだった。むろん深川一帯の堀で捕った鰻を鰻屋に売って、家計の足しにするのだ。

「よう捕れたな」

竹笊に中ぶりの鰻が絡み合って動いていた。

「今日はまた早いお帰りですな」

と金兵衛が聞いてきた。

「足を棒にして口入れ屋を回ったが、なかなかないな」

「ございませんか」

磐音は五日前まで神田明神下の屋敷の後片付けに通っていた。が、そこの工事も終わっていた。翌日から口入れ屋を訪ねて新たな仕事を求めたが、なかなかない。

「大火からおよそ八か月だ。江戸九百余町を焼いた大火だったが、後片付けはおよそ終わりましたからな。これからの稼ぎは大工や左官の腕を持っていなけりゃ、無理ですよ」

金兵衛の言葉に磐音は頷いた。

この年の二月二十九日の昼過ぎ、目黒行人坂から出火した火事は、江戸の中心部を焼き尽くして、いったん火勢は衰えた。だが、本郷の丸山田町から再び出火して、江戸の北方へ燃え広がった。

明暦の大火以来の大火事で、大名屋敷百六十九、寺社三百八十二を消失し、死者一万五千余人、行方不明者四千余人の被害を出した。

磐音は琴平との戦いのあと、ひと月余り、屋敷で怪我の治療に専念した。いや、熱にうなされて、半睡半覚の日々を過ごした。気力と体力をなんとか回復させた後、父の正睦に、妹伊代にしかるべき婿(むこ)を迎えて後継としてほしいとの置き手紙を残すと豊後関前藩に暇乞いして、陸路江戸に舞い戻ってきた。

豊後関前の江戸屋敷から遠く、大火の影響を被っていない川向こうの金兵衛長屋に住まいを定めたのがおよそふた月前のことだ。

口入れ屋の紹介や仕事で知り合った者の世話で火事場の後片付け人足の仕事を細々と得て、なんとか糊口(ここう)を凌(しの)いできた。

ふいに金兵衛が嘆声を上げた。

「おおっ、そいつは大グシだな、幸吉(こうきち)」

最後の鰻筒の鰻は大物だった。

子供たちの間から歓声が上がった。

「金兵衛どの、鰻はどこかに卸すのかな」

「北之橋前の宮戸川(みやとがわ)って鰻屋でさ。この節、川向こうの春木屋をはじめ、名代の鰻屋が火事で焼け出されたもんで、鰻を食いたい客がこっちにのしてくる。おかげで宮戸川は大繁盛だ。なにしろ江戸前の鰻はうまいからねえ。半可通が土用の鰻なんぞというが、脂ののったのは秋口の下り鰻だ。そんな鰻が小名木川から竪川にかけての岸辺や石垣に潜んでいるからね」

説明する金兵衛が磐音を見た。

「ご浪人も鰻捕りをしようってのかい」

「いや、子供の稼ぎを荒らすことはしたくないのでな」

「そうだねえ、ご浪人もこの冬の暮らしを考えんとな」

口は少々悪いが、生来気のいい金兵衛が磐音に訊いた。

「ご浪人、鰻割きはできるかい」

「国では鰻捕りも鰻割きもやったがな」

ふーんと頷いた金兵衛が、

「幸吉、宮戸川に鰻を持っていくついでに、ご浪人もお連れしな」

と鰻捕りの頭分に命じた。

幸吉は、長屋に住む叩き大工磯次（いそじ）の倅（せがれ）だ。磯次が酒好きな上に、十一歳の幸吉を頭に子供が四人もいるので、母親も日傭取（ひようと）りをしてなんとか暮らしていた。

「浪人さんは買っちゃあくれねえぜ」

「鰻と一緒にするやつがあるか。宮戸川の鰻割きが一人辞めたって、小耳にはさんだんだ。親方の鉄五郎さんでも女将さんでもいいが、使えるかどうか試してくだせえと金兵衛が頼んでいたと口上を言うんだ」

「金兵衛どの、それがしを鰻割きに紹介してくれようというのか」

「ご浪人にこれ以上家賃をためられちゃかなわねえ。なんとか冬場の食い扶持を見つけてもらわないとな」

金兵衛は、頼んだぞと幸吉に言い残し、長屋に戻っていった。

「浪人さん、行くぜ」

幸吉が竹籠を背に歩き出した。

否も応もない。人足姿で磐音は幸吉に従った。

「浪人さんも芸がないじゃ、苦しいな」

幸吉が言い放った。

「面目ないが、幸吉どのの言うとおりだ」

幸吉どのと呼ばれて胸を反らした幸吉が注意した。

「あのさ、宮戸川に行ったらよ、鉄五郎親方の前で侍づらしちゃいけねえぜ。なんでもはいはいと聞いて、仕事をもらえるようにするんだ」

「相分かった」

「ともかくよ、どこそこの店で何年も修業を積みましたくらいのことは言うんだぜ」

「さようか」

猿子橋と中橋の間には御籾蔵があって、その先に六間堀町が北之橋まで広がっていた。金兵衛長屋のある六間堀町は御籾蔵をはさんでの飛地（とびち）である。

幸吉は北之橋を渡ると「鰻蒲焼き　宮戸川」の暖簾（のれん）をかかげた小体（こてい）な店の前を通り過ぎて、裏口に回った。慣れた様子で裏戸を開けた幸吉は、勝手口にいた女中に声をかけた。

「おきちさん」

「幸吉さんかい、今日は捕れたかい」

と振り向いたおきちが、不審げに磐音を見た。

「大グシ二本に中グシが六、七本」

そう答えた幸吉は、親方を呼んでもらえねえかとおきちに頼んだ。

「大家さんの言付（ことづ）けだ」

頷いたおきちが奥へ引っ込み、二人はしばらく待たされた。

幸吉は竹籠を井戸端に持っていき、そこにあった木桶の中に鰻を移して、井戸水を注いだ。

光を浴びて鰻がうねうねと動いた。

「幸吉、金兵衛さんの言付けとはなんだね」

いかにも鰻屋の親方といった風情の中年男が裏口から顔を覗かせた。

宮戸川の二代目、鉄五郎だ。

「大家さんがさ、この浪人さんを鰻割きに使えるかどうか試してくだせえと言っているんだ」

「長屋の住人かい」

「金兵衛どのの長屋に世話になっておる坂崎磐音にございます。よしなに」

磐音が挨拶し、鉄五郎が頷いたそばから幸吉が言い添えた。

「親方、こう見えてもよ、この浪人さん、ちょいとの間だが、春木屋の鰻割きをしたこともあるんだぜ」

鰻の蒲焼きの元祖春木屋善兵衛の名まで出した幸吉を軽く睨んだ鉄五郎は、磐音に視線を移すと言った。

「幸吉、春木屋がご浪人を鰻割きに使うわけもねえや」

「ばれたか」

「ばれるもなにも、そんな口車にひっかかる大人がいるものか。幸吉、金兵衛さんの口利きだ、試させてもらおうか」

「ありがてえ」

幸吉が言い、磬音が頭を下げた。

「ただしだ、幸吉、おめえの鰻を使うぜ。使いものにならなきゃ、おめえのかぶりだ」

「ひえっ！」

と叫んだ幸吉は、それでも木桶から竹笊に中ぶりの鰻を摑(つか)み出した。

井戸端には鰻割きの包丁、目打ち、まな板、砥石(といし)などが綺麗に手入れされて置かれてあった。宮戸川では鰻割きを井戸端でやるようだ。

「浪人さん、聞いてのとおりだ。おれのかせぎをふいにしねえでくれよ」

鉄五郎がにやりと笑った。

「親方どの、それがし、江戸にては未だ鰻を割くところを見たことがない」

「浪人さん、おれの面子(メンツ)を潰(つぶ)す気か」

幸吉が怒鳴った。

鉄五郎は平然と聞き流し、訊いた。

「江戸でなきゃあ、どこで見なさったね」

「国表でも鰻割きが盛んでな、捕りもしたし、下拵えもした」

「国表とはどちらですかい」

「その儀ばかりは勘弁していただきたい」

「お国流でやってみなせえ」

頷いた磐音は井戸端にあった包丁の中から、小さな割き包丁を選んだ。

「お借りする」

そう断った磐音は、包丁を目の細かい砥石で研ぎ始めた。

「浪人さん、江戸っ子は気が短えんだ。親方だって奥へ引っ込みなさるぜ」

幸吉が怒鳴った。

「幸吉どの、しばらく待ってくれ。研ぎは大事じゃ」

悠然と研ぐのを鉄五郎はじいっと見ていた。

ようやく研ぎが終わった。

まな板を水で清めた。

「では、参る」

「ヤットウの稽古じゃねえや」

幸吉がうそぶいた。

磐音は平然としたものだ。

まな板に移動させ、もう一方の手が目打ちを取ると一瞬のうちに固定した。さらに包丁を摑んだ手が動いて、腹に切っ先をすいっと入れた。滞りもなく腹がきれいに割かれていく。

磐音は胆(きも)を取り出すと頭を落として、瞬く間に三枚に下ろした。

「浪人さんよ、おめえは鰻を知らねえのか。おれの稼ぎをふいにしやがってよ」

叫ぶ幸吉の肩を鉄五郎が押さえて、黙らせた。

江戸の蒲焼きは背開きが決まり、三枚に下ろされては竹串も打てない。

まな板を水で洗い流した磐音は薄刃包丁を手に持ち替え、下ろした身を薄造りにしていった。

「幸吉、台所に走って大皿を持ってこい」

親方が幸吉に命じた。

幸吉は親方の鉄五郎の機嫌が悪くないことを察して、

「ほいきた、合点」

と井戸端から飛んでいった。

幸吉が皿を手に戻ってきたとき、鰻の薄造りが見事に出来上がっていた。

「鰻屋には不向きでござろうが、それがし、これしかできぬ」

「西国では鰻を薄造りにするということを聞いたが、いやはや料理人はだし、見事な腕前ですな」

「国表ではだれでもこれくらいはできる」

「ただし鰻屋向きじゃねえや」

鉄五郎は笑うと言った。

「幸吉、鰻はいつものように買いとるぜ」

「ありがてえ」

親方が店の奥に引っ込んだ。

「浪人さん、鰻割きになれなかったな」

「だが、そなたに損をさせずにほっとした」

磐音は井戸端を丁寧に片付けた。

二人は暮れなずむ堀端に出た。

磐音は長屋の井戸端で夕餉の仕度をした。

米櫃（こめびつ）の底に残された米は五合に満たなかった。そのうちの一合半ばかりを味噌味で薩摩芋と煮込んで、量を増やすことにした。

土鍋を持ち帰り、七輪にかけた。

（さて、明日にも口入れ屋でなんとか職を紹介してもらわぬといかんな）

数日内に仕事を見つけなければ口が干上がることは確かだ。

磐音は九尺二間の長屋を見回した。

夜具に炊事道具、持ち物はそんなものだ。

その鍋釜も、長屋の女たちが見るにみかねて貸してくれたものばかりだ。磐音が買ったものといえば飯茶碗に汁茶椀くらいのものだ。

壁際に鰹節屋から譲り受けてきた箱が置かれ、白木の位牌が三つ並んでいた。

河出慎之輔、舞夫婦と小林琴平の位牌だ。

白木の字は金兵衛から借りた硯（すずり）と筆で磐音自身が書いたものだ。

「慎之輔、舞、琴平、なんとか助けてくれぬか」

磐音は亡き友たちの霊に縋（すが）って呟（つぶや）いた。

豊後関前藩を出たとき、磐音の懐（ふところ）には四両余りの金があった。江戸から帰参するときの路銀の使い残しだ。だが、その四両も江戸への旅と長屋を借り受けるのとで使い果たしていた。あとは大小に道中着、それが持ち物のすべてだ。

（なんとかせねばな）

と考えてみた。だが、そう深刻に考えたところで変わりはあるまいと思い直した。

（まあ、なんとかなろう）

芋雑炊が炊き上がり、残っていた青菜漬で腹を満たすと、当面の杞憂（きゆう）は忘れた。

汚れた土鍋と茶碗を井戸端で洗っていると木戸口で咳がした。

「そこにいるのはご浪人か」

「金兵衛どの、先ほどはご親切に応えられずに申し訳なかった」

首尾は報告してあった。

金兵衛は磬音から様子を聞くと、

「まあ、望みがまったくないというわけでもない」

と独り言を呟いたものだ。

「ご浪人、ヤットウの腕はどうだい」

金兵衛がいきなり訊いた。

「人並みではなんとか……」

「人並みでは押しがききませんぜ。ほれ、免許皆伝とかさ、こけおどしでいいんだ。なにか持ってませんかい」

「神田三崎町の佐々木道場で目録を……」

「なんだって！　猛稽古で知られた佐々木道場の目録かい。まあまあ嘘でもいいや、そいつは幅が利く」

と金兵衛は言った。

「嘘ではござらぬ」

磐音は憮然として呟いた。

「佐々木道場も先の火事で焼けなさったが、つい最近立派な道場を建て替えなさったという話だ。ご浪人、あちらの弟子筋はな、大名家のご家来衆やら旗本のご子息ばかりだ。おめえさんみてえな貧乏浪人が行くところじゃねえさ」

と決めつけた金兵衛は、

「人に会う。身支度をなせえ」

と命じた。

「これからでござるか」

「まだ、宵の口だ。押し込みが出るには早えやな」

金兵衛は磐音には理解のつかぬことを言うと自分の家に戻っていった。

磐音は事情が分からぬまま、長屋に戻ると袴だけを身につけ、大小を差した。

平安時代末期の備前の刀鍛冶包平二尺七寸（八十二センチ）に無銘の脇差一尺七寸三分（五十三センチ）であった。

包平は坂崎家伝来の家宝だ。琴平との戦いに刃こぼれがした青江の代わりに、ただ一つだけ屋敷から持ち出した逸品だ。

久し振りに大小を腰に差すと身が引き締まった。

「行って参る」

磐音はだれもいない長屋に声を残して木戸口に向かった。するとどてらから羽織袴に身なりを替えた金兵衛がすでに提灯を手にしていた。

「ご浪人の名は確か坂崎さんでしたな」

「はあ、坂崎磐音と申します」

「ならば参りましょうか、坂崎さん」

金兵衛は持参のぶら提灯を磐音に持たせた。

御籾蔵の間を抜けて河岸に出ると二人を冷たい風が吹き抜けて包んだ。

「金兵衛どの、風邪に障らぬか」

「綿入れを一枚重ねてきたんだが、さすがに寒いね」

そう言った金兵衛は川端を上流に向かってすたすたと歩いていく。

「宮戸川を紹介したんだが、あんまり芳しくねえというからさ、気になってね。心持ちが悪いや。それで思い出したんだ。一つ、頼まれていたことをね」

金兵衛は磐音の仕事先を気にかけていたらしい。

「相済まぬことで」

「家賃が滞るのは嫌だからね」

金兵衛はそう言うと、

「両国西広小路に、今津屋吉右衛門（いまづやきちえもん）様が両替商の分銅（ふんどう）看板を掲げておいでになる。このお店が最近脅しにあっているそうだ。だれか腕っぷしの強い用心棒はいないものかと娘に訊かれていたのを思い出した」

「娘ごに」

「ああ、うちのおこんが、今津屋さんの奥向き女中を務めているのさ」

金兵衛に娘がいようとは磐音は考えもしなかった。

「今津屋さんといえばなかなかのお店（たな）、すでに雇われているのではなかろうか」

「先ほど手紙を持たせて使いを出しておいた」

と用心深いところを見せた金兵衛は、

「今津屋さんは吝嗇で有名な商人でな、用心棒代をけちりなさるので、なかなかなり手がないそうじゃ」

と言った。

「まあ、仕事にありつけば人足の日傭取りくらいにはなろう」

両国広小路は両国橋をはさんで東と西にあった。

磐音と金兵衛は冷たい風に吹かれて、深川側の東から西の広小路へと渡った。

二

「金兵衛どの、今津屋さんはなぜ脅されているのでござるか」

「田沼様が出された南鐐二朱銀が因でね」

「田沼様が」

「ああ、この一月に田沼意次様が異例の出世で、ご老中に就任なさいましたな」

「……」

意次の父、意行は紀州藩士であったが、藩主徳川吉宗が八代将軍になった折りに江戸に随行して、新参旗本になった。

さて、意行の子、意次は、将軍の世継家重付きの小姓になったのが出世の始まりであった。意行から家督相続ののちも次々に昇進加増を受けた。

宝暦十年（一七六〇）、家治が十代将軍に昇ったのをきっかけに意次の栄進の度合いはさらに増した。側用人から遠江相良二万石の大名に列せられ、三年前には老中格に、そしてついに老中へ就任したのだ。

老中の座に就いた意次は商いを重視する政策を展開して、徳川幕府の財政再建に乗り出していた。

新貨幣政策として、南鐐二朱銀の新発行もその一環であった。

南鐐二朱銀は純度の高い銀を使いながら、朱という金貨の単位を使う変わった貨幣である。

名目は金、素材は銀という変わり貨幣の狙いは、銀遣いの上方経済圏と金遣い経済圏の江戸の統一であった。だから、貨幣の表に、

「以南鐐八片換小判一両」

と刻まれてあった。

意次は南鐐二朱銀を、日本諸国に共通して使える流通貨幣にしようと考えた。

そこで幕府は上方の両替商人に四万両、江戸の両替商に一万両を無利子で貸しつけて、南鐐二朱銀の流通を促していた。

ところが、それまで高値だった金相場を値崩れさせて、物価の混乱を招くことになった。さらには金銀相場の変動で利益を得ていた両替商の反発を招いてもいた。

金兵衛は磐音にそんな説明をしたあと、

「さて今津屋様がなぜ脅されておられるかの答えですが、今津屋様は意次様の政策の数少ない推進者でしてな、利鞘（りざや）を稼ごうとするお仲間の両替商たちからの評判がよくないんでさ。脅しはどうもそんなとこじゃねえかと、旦那の吉右衛門様も番頭の由蔵（よしぞう）さんも考えているようだ」

二人は米沢町の角に堂々たる店構えを見せる今津屋の前に辿（たど）りついた。

軒先には官許の両替商であることを示して分銅の看板が掲げられていた。

むろん刻限が刻限だ、大戸は下ろされていた。が、通用口が薄く開いて、中から明かりが洩（も）れている。

「ごめんなさいよ」

金兵衛はそう言うと通用口を潜った。

磐音も続いて従った。

広い三和土(たたき)の向こうと板の間を囲うように格子が隔て、その中で奉公人たちが銭箱を勘定して、帳簿の整理をしていた。

「由蔵さん」

金兵衛が声をかけると老分(ろうぶん)番頭が眼鏡越しに訪問者を見た。髪に白いものが混じる年齢の小男だった。

両替屋の雇い人には特別な呼び名があった。

丁稚(でっち)に始まり、振場役(ふりばやく)、平秤方(はかりかた)、相場(そうば)役、帳合(ちょうあい)方、支配人と出世し、店の最高責任者の老分となる。老分は、主(あるじ)から重要な案件の相談を受け、通いが許される別家格であった。

「金兵衛さんか、遅かったよ」

「まだ五つ（午後八時）だよ、老分さん」

「いや、用心棒の一件さ。五日前に雇ったんだ」

「なんだ、こちらも空ぶりかい」

「どこぞを回ってきなさったか」

「いや、こっちのことだ」

ととぼけた金兵衛は、

「由蔵さん、今津屋さんの身代だ。一人や二人、用心棒が増えたところでなんとでもなるだろう」

と粘りをみせた。

「いや、江川町にある丹石流の道場主市村集五郎先生を勧める人が客にいてね、その門弟衆が交替で詰めることになっているんだよ。よそから入ってもねえ」

「浮き上がるってわけかね」

「そういうことだ。今も腕っ利きの師範代らが四人ほど奥に詰めておられるんだよ、金兵衛さん」

つまり今津屋は丹石流の市村道場と用心棒の契約をしたというわけだ。

「おこんのやつも、それならそれで知らせりゃいいじゃねえか」

金兵衛は愚痴った。

「おこんさんに会っていきますか」

「いや、娘の顔を見たってしょうがねえや。また出直しましょうかい」

金兵衛は番頭の由蔵にそう言うと、通用口を潜って表に出ようとした。すると冷たい風とともにどどっと乱暴に押し入ってきた者たちがいて、金兵衛を三和土に突き転がした。

金兵衛が尻餅をついた。

「あいたたたっ！」

悲鳴を上げる金兵衛を磐音が慌てて起こした。

「おめえさん方、乱暴だねえ」

三和土に立った遊び人風の一人が金兵衛をちらりと見て、

「じいさん、怪我しねえうちにさっさと消えな」

と血走った視線で睨んだ。兄貴分のようだ。

「じいさんとぬかしやがったな。てめえら、年寄りを突き倒しておいて、詫びの言葉もないのか。深川六間堀の金兵衛が許さんぞ」

金兵衛は立ち上がるとなにか曰くがありそうな訪問者らに突っ掛かっていこうとするので、磐音が止めた。

「どちら様ですかな」

今津屋の老分が訪問者たちを見て、静かに訊いた。

格子の向こうから胸を張った由蔵は、今津屋の数多い奉公人の長だけあって、さすがに威厳があった。

「今日はもはや暖簾を下ろしておりましてな、御用なら明日出直してくださいな」

「どなた様もねえや。番頭さん、客だ」

「おめえら、帳簿も広げてりゃあ、銭箱の蓋も開いてるじゃねえか」

「帳簿整理の最中、新たなお客様は受けておりませんよ」

と言いながら、由蔵が手代の一人に目くばせした。

手代が心得て、奥へと姿を消した。

それを平然と見送りながら、やくざ風の男が懐に片手を突っ込んだ。

「番頭さんよ、小判に替えてくれねえか」

分厚く膨らんだ縞の財布を格子の向こうに投げた。すると紐が緩んでいたか、財布の口から南鐐二朱銀が転がり出た。

金兵衛と磐音はその光景を三和土の隅から見ていた。

駆け引きはやくざ風と由蔵の間に移り、金兵衛の出番はない。

「困りましたな、こんな刻限に……」

「おめえら両替商が扱うそいつにはよ、二朱銀八枚で小判一枚と替えると書いてあるんだろ。なら替えてくれねえか。そこに八十枚の南鐐があらあ」

兄貴分は上がりかまちに七三に腰を下ろした。残りの仲間は懐に手を入れて控えた。大方、手にかけているのは匕首の柄だろう。

「番頭さん」

膝の前に転がり出た南鐐二朱銀を拾った帳合方が由蔵を呼んだ。

「どうしたね、和吉」

「この南鐐をご覧ください」

「うーむ」

帳合方から渡された二朱銀を手にして行灯の明かりに翳した由蔵がはは一んと首肯し、

「おまえさん方、いけませんな。偽の南鐐をうちに持ち込んで、小判と替えさせようなんて、そりゃできない話だ」

と言ってやくざを睨んだ。

「番頭、言うに事欠いて今度は持ち込んだ南鐐二朱銀を偽物というのかい。呆れたぜ、そいつはおめえさんら両替商の手で江戸市中に流れたもんだぜ」

「いえ、違います。こりゃ、南鐐二朱銀と刻んではございますが、鉄片に細工した偽南鐐、こんなものを持ち込まれますと町方に手が回りますよ」

「おもしれえ、そうしてもらおうじゃねえか」

兄貴分が啖呵を切ったとき、三和土に通じる通路から丹石流の市村道場の面々が姿を見せた。

師範代と門弟のようだが、どこか頼りない。

「先生方、どうやらどこぞに雇われた嫌がらせのお兄さん方らしゅうございます。お引き取り願うよう頼んでもらえますかな」

若い門弟がゆっくりと上がりかまちの男に近付き、

「老分どのもああおっしゃっておられる。今宵のところは許して遣わす、引き上げよ」

と命じた。

兄貴分はその言葉をせせら笑って聞き流し、

「おい、さんぴん、こちとら餓鬼の使いじゃねえんだぜ。こっちは天下の通用金を、両替が看板の店先で替えてくれと頼んでいるんだ。それを今津屋じゃあ、用心棒を雇って追っ払おうというのか」

と大声で喚いた。

「店先が騒がしいがどうしなさった」

そのとき、今津屋の吉右衛門が姿を見せた。

「おお、おまえさんが旦那の吉右衛門さんかい。ちょうどいいや、番頭じゃ埒が明かねえや。なんとかしてくんな」

由蔵が目くばせして、

「嫌がらせにございますよ」

と吉右衛門に言った。

「番頭、さっきから聞いてりゃ、嫌がらせ嫌がらせと人聞きが悪いぜ。小判に替えるか替えないか、返事は二つに一つだ」

「お断りいたします」

由蔵が言うと、上がりかまちの兄貴分がゆっくりと立ち上がった。

「おもしれえ。こちとらも強請(ゆすり)たかりといわれて引き下がる毘沙門(びしゃもん)の統五郎(とうごろう)じゃねえんだ。きっちり、かたはつけさせてもらうぜ」

「町人、怪我をしたいか」

市村道場の門弟の一人が統五郎の前に進んだ。

手は柄にかかっていたが、統五郎をどこか嘗(な)めたところがあった。

「怪我をしたいのはどっちかな」

呟くように言った統五郎が背を丸めて、若い門弟の懐に飛び込んだ。統五郎のふいの動きを若い剣士は見逃した。

いつの間に懐から抜いたか、統五郎の手に匕首がひらめき、その切っ先が門弟の腹部に深々と刺さっていた。

それは修羅場の命のやり取りを経験してきた者だけが持つ凄みであった。

「ぐえっ！」

腹を抉られた門弟は尻餅を突くように三和土に転んだ。

統五郎は血に濡れた匕首を逆手に翳して、残った用心棒を見回した。

気迫において市村道場の用心棒に勝っていた。

「やりおったな」

市村道場の師範代が剣を抜いた。

統五郎の仲間も匕首を構えた。

平然とした態度の統五郎が戸口の外に声をかけた。

「先生！」

夜風とともにぬうっという感じで、痩身の浪人が懐手で戦いの場に入ってきた。

羊羹色の袷の襟は毛羽立ち、袴の裾もほつれていた。

痩身から酒とも汗の臭いともつかぬ異臭が漂ってきた。

総髪の頭はぼさぼさだったが、殺げた顔には髭が一本も生えてない。

切れ長の細い双眸は血走っていた。

「おればかり飛び回っても間尺に合わねえや。おめえさんもちったあ、働いちゃどうだい」

新しく侵入してきた者の風体に、市村道場の面々に緊張が走った。

「丹石流市村道場師範代、笹村彦七郎にござる」

と名乗った笹村を一瞥した痩身の浪人は、

「種市仞之丞」

とぼそりと呟き、懐手を出しただけで笹村に視線を向けた。

「ええとこに出くわしたもんだ」

金兵衛が呟く。

磐音と二人、広い店の片隅の薄暗がりに避難していた。

市村道場の門弟二人が匕首で腹部を刺された仲間を戦いの場から引きずり出して、止血をしようとしていた。が、どうしていいか分からぬ様子だ。

「助勢いたす」

磐音は懐から手拭いを出すと止血に加わった。

「参る」

両替商の店先の三和土は天井も高く、広かった。

間合い一間で対峙した笹村と種市はゆっくり左へと回り出した。

笹村は正眼。

種市の両手はだらりと垂れて柄にもかかっていない。

半周して互いの位置が入れ替わった。

その瞬間、笹村が正眼の剣を肩口に引きつけ、突進し、種市の肩を袈裟懸けに襲った。

流麗な動きだが気迫に欠けていた。

種市は痩身の肩を窄め、迎撃するように笹村に向かって走った。

右手が柄にかかった瞬間、刃が光になって笹村の胴を抜いた。深々と裁ち割られた笹村が前のめりに突っ伏した。

凄まじい太刀風だ。

ぴくりとも動かない。

三和土に血がじんわりと広がって死を想起させた。

「次はだれでぇ」

毘沙門の統五郎の声だけが今津屋の店先に響いた。

「用心棒はあと二人ばかり残っているじゃねえか」

磐音の手を借りてなんとか止血を終えた二人の門弟が、身を竦めて互いの顔を窺った。

「ちぇっ、役立たずか。今津屋もえれえ者を雇ったもんだな」

磐音のかたわらから必死の形相で若い門弟の一人が立ち上がろうとした。

その腕を押さえた磐音が、

「それがしが相手をいたそう」

「ひえっ！」

磐音を用心棒として推挙に来たことも忘れて金兵衛が悲鳴を上げた。

「なんでぇ、じいさんの連れか。やめときゃいいのに」

統五郎が嬉しそうに言うと、

「種市の旦那、ついでだ」

と、血に濡れた抜き身をだらりと下げた種市仞之丞を唆した。

磐音は備前国包平二尺七寸を正眼につけた。

荒んだ双眸が血刀を下げたまま、磐音のたゆとうような構えを見据えた。

右足をわずかに前に開いた磐音の両眼は、種市の血走った双眸を静かに見た。

冬場の縁側の日だまりで老猫が居眠りでもしているような……と師匠の中戸信継が表した構えだ。

種市の相貌に微妙な変化が見えた。

だらりと垂らしていた剣が上がり、八双に直った。

それでも磐音は動かない。

金兵衛は磐音の全身に春の風が吹き渡っているような、のどかなものを感じた。

（うちの浪人さんは……）

種市が焦れたように仕掛けた。

八双の剣を懸河の勢いで振るいながら、磐音に突進した。

正眼の包平が種市の剣をそよ風のように払うと位置を変えた。

「おのれ！」

必殺の一撃を外された種市はくるりと反転すると怒濤の猛襲を見せた。

血に濡れた剣を磐音の胴に襲った。

が、磐音は予測したように刃を合わせて躱した。

修羅の豪剣を柔らかく真綿で包み込むような防御だった。

種市は跳ね返された剣を立て直すと磐音の小手に、胴に、肩に、さらには面にと連鎖の攻撃を見せた。だが、すべて読み切られて、柔らかく跳ね返された。

種市仞之丞がこれまで経験したこともない剣の遣い手だった。

一連の攻撃が無益に終わったとき、種市は自ら間合いを外した。

「これ以上、血を流すこともありますまい。お引き取り願えませんか」

磐音が種市にあくまで丁重に誘いかけた。

「流儀は何か」

「神伝一刀流……」

田舎剣法か、種市は思った。

「神田三崎町の佐々木玲圓道場で少々」

（直心影流佐々木道場か）

種市の血相が変わった。

決死の覚悟を面に漲らせて剣を構え直した。

磐音ももはや引くに引かれぬ事を悟った。

「死ね！」

再び攻撃に入ろうとした種市の機先を制して磐音が動いた。

種市は目を疑った。

のんびりと間合いをとっていた磐音が巌(いわお)のように音もなく押し寄せ、迫ってきた。

（おのれ！）

種市仞之丞は即座に迎え撃った。これまで幾度も修羅場を潜ってきた剣士の本能がそうさせた。

磐音の正眼の剣が肩口に引かれ、春風が光になって舞った。

先手を取った磐音が一瞬早く先んじた。

種市の喉元から空気が洩れるような音が上がった。

それは包平の切っ先が種市の首筋に伸びてきて刎(は)ね斬り、気泡が立てる音だった。

血飛沫(ちしぶき)が飛んだ。

種市は磐音のかたわらをすり抜け、不思議なものでも見るように坂崎磐音を振り見て、どどどっと崩れ落ちた。

森閑とした静寂が今津屋の店先を包み込んだ。

「毘沙門の統五郎とやら、仲間の仇を討たれるか」

磐音が、勝負の行く末を見守っていた統五郎に訊いた。

静かな声音だった。

「けえっ！」

と統五郎が吐き捨てた。すでにその顔から闘争心が消えていた。

「ならば、種市どのの亡骸とともに消えてくれ」

統五郎は仲間に合図をすると我先に通用口から通りに躍り出た。

仲間が慌てて、まだ温もりの残った種市の死体を外に引き出した。

「老分さん、支配人、怪我人を医者の道元先生のところに運ぶのです」

今津屋吉右衛門が命じ、由蔵が奉公人らに手配して戸板を持ってこさせた。

「金兵衛さん、お連れと一緒に奥に来てくだされ」

吉右衛門の声にようやく我に返った金兵衛が、

「はっ、はい、ただ今……」

と、懐紙で刃を拭って鞘に納める磐音を見た。

三

今津屋吉右衛門の居間に通された金兵衛の顔は朱に染まり、堅く強張ってい
た。戦いを目撃した興奮と主の座敷に通された緊張からだ。

「金兵衛さん、えらいお方を連れてこられましたな」

「へ、へいっ」

そこへ由蔵と茶を運んできたおこんが顔を出して、金兵衛の顔にようやく安堵の色が漂った。

「お父っつぁん、大丈夫なの」

「おこんか……」

「ぼうっとしているわよ」

「ぼうっともするぜ、いきなり斬り合いを見せられたんだからな」

おこんの視線が坂崎磐音に向いた。

磐音もおこんを見て会釈した。

「金兵衛どのの長屋に世話になっております、坂崎磐音にござる」

磐音の声はあくまで春の日差しのように穏やかだ。

「あれだけの斬り合いをなさりながらこの落ち着きよう、驚きましたな」

　吉右衛門が嘆声を上げた。

「お店先を汚しまして申し訳ござらぬ、主（あるじ）どの」

　なんの、と応じた吉右衛門が老分を見た。

「ご心配なく、旦那様。怪我人は道元先生の診療所に運ばせました。また出入りの町方役人にも声をかけて、騒ぎの始末を頼んでございます」

　由蔵は早速手配を済ませていた。

「市村道場の方はどうしますかな」

「明日にも道場に出向き、先生とお話ししてきます」

　由蔵はそう言うと磐音を見た。

「あなた様は永の浪人ですか」

「いえ、子細あって数か月前に藩を離れたものにございます」

「どうりで、おっとりしておられる」

　と納得した由蔵が、

「藩から追っ手がかかるようなことがありますかな」

　と問う。争い事や不正に関わっての脱藩か訊いてきたのだ。

「いえ、それはございませぬ」

「お独りですかな」

奈緒の面影がちらりと脳裏をよぎった。

「番頭さん、日傭取りの身で嫁さんなど持てるものか」

その間に金兵衛が答えていた。

「そうか、日傭取りをしていなさったか」

「それもさ、ここんとこ急に仕事が減ったんでな、この四、五日はあぶれていたんだ。それでさ、こちらにと思ってわざわざ川を渡ってきたんだが、番頭さんはもう雇った、手は要らぬと素っ気なく申された……」

金兵衛はようやく落ち着きを取り戻したようだ。

「金兵衛さん、嫌みを言うものではない」

由蔵が苦い顔をして言った。

「あんなに、市村道場の面々が役立たずとは思わなかったんだよ」

「うちの先生を雇ってくれるのかい」

「金兵衛さん、お人柄も申し分ないとお見受けした。旦那様、お願いしてようございますな」

由蔵が主の許しを乞うた。

「むろんあれだけの働きを見せられては否と言えるものか。番頭さんが言われたように、私も坂崎様の人物に惚れました」

「ならば、市村道場の方は明日にもお断りして参りましょう」

金兵衛が満足そうに相槌をうった。

「今津屋どの、番頭どの、その儀はいましばらくお待ち願いとうございます」

「なにっ、うちでは働きたくないと言われるか」

由蔵が口を尖らせた。

「いえ、それがしの件ではありませぬ。市村道場の方々は実戦の経験がなかっただけのことにございます。それにこれだけのお店、それがし一人でお守りするのはちと無理かと思います。市村道場の端に加えていただければ、それでけっこう」

「なんと欲のねえ」

金兵衛が呆れた顔をした。

「番頭さん、坂崎様の言われるとおりです。市村道場の出入りを今断れば、角が立つ。南鐐二朱銀騒ぎは、すぐには収まらぬかもしれません。となれば、坂崎様と市村道場の方々に協力して助けてもらうほうがお店にはなにかと便利……」

「確かにおっしゃるとおりにございます」

由蔵がはたと膝を叩き、

「坂崎様、明日の夕刻にも市村道場の方々とお引き合わせします。差し当たって、店の警護は日没から日の出までの夜の間だけにございます」

「よしなにお願い申します」

磐音が頭を下げて、金兵衛が胸を張った。

翌朝、磐音が井戸端で顔を洗っていると、金兵衛が急ぎ足でどぶ板を踏んできた。五つ（午前八時）前の刻限だ。

「金兵衛どの、昨夜はお世話になった」

「そんなことはどうでもいいや。これからすぐ、宮戸川に顔を出しなせえ。鉄五郎さんから使いをもらったんだ」

「なんでござろうな」

「なんでったって、仕事さ」

「夕刻には今津屋を訪ねねばならぬが……」

「なにをのんびりしたことを言ってるんで。今津屋の仕事だって、いつまで続くかしれないんだ。宮戸川の話を聞いてから考えても損はないさ」

「さようか」

「さようかなんて返答はどうでもいいや。さあ早く行きなせえ」

金兵衛に急かされて長屋に戻った磐音は、作業着に巻きつけた帯に、脇差だけを差して木戸を出た。

宮戸川の裏口を叩くと、

「木戸は開いてらあ、入りねえ」

という鉄五郎親方の声が聞こえてきた。

井戸端では、ねじり鉢巻きの親方と二人の下働き職人が鰻と格闘していた。下職の一人は若く、もう一人は白髪頭だ。

「おお、来なさったか」

鉄五郎は磐音を自分のかたわらに呼び寄せて、

「客の顔を見て、鰻割きを始めるという店もないじゃねえが、うちじゃ朝のうちに鰻を割いておくのさ。そうすりゃ、気が短い深川の客もさ、酒の一本も飲んでいるうちに焼き上がる寸法だ……」

そう言った鉄五郎は、桶の鰻を掴むとまな板に載せて割き始めた。

「上方じゃあ、腹から鰻を割くそうだねえ。頭も残して長いまんま串を打って、醬油をかけながら焼き、そのあとで包丁で切ると聞いた。江戸前はねえ、こう背開きにして頭も落として、二つに切っておいてから竹串を打つ。うちじゃあ、このあと、秘伝のたれでじっくりと照りが出るまで焼くのさ。ほれ、やってみねえ」

「親方、それがしに……」

「おめえさんなら、鰻の開きなんぞすぐに覚えなさるよ。今日から見習いだ」

「かたじけない」

磐音はまな板の上に包丁を揃え、指先で刃を触った。

「おれが研いでおいた。気に入らなきゃあ、好きなだけ研ぎ直ししなせえ」

「いや、お見事な研ぎです」

磐音は今一度、鉄五郎の手並みを観察した。

鉄五郎の動きにはどこも無駄がない。

下職の二人は動きがぎこちなく、仕上がりもきれいとはいえなかった。

磐音はまな板の周囲を見直して、呼吸を整えた。

桶の鰻を摑んだ。

鰻が緊張したか、手の中で暴れた。

だが、子供のときから扱い慣れた鰻のツボを押さえるとおとなしくなった。

まな板に移し、目打ちを打つ。

背に包丁の先を入れて、すいっと尻尾のほうに流した。

「うめえもんだ、その呼吸ですよ。ただねえ、鰻割きはチャンチャンバラバラの戦じゃねえ。こっちが緊張すると指先からそいつが鰻に伝わって暴れるんですよ。だから、肩の力を抜いて自然に触ってやる」

「こうかな」

「それそれ……」

この朝、宮戸川で一刻（二時間）ほど鰻割きを続けた。

「さすがにお侍だ。一日目にしてあらかたこつを摑みなさった。これなら店に出しても大丈夫ですよ」

「だが親方の半分もいかぬ」

「こっちは年期が入ってるんだ。数をこなすにはもう少し慣れてからですよ」

鉄五郎は、

「あとで台所に来なせえ」

井戸端に残った下職と一緒に磐音は、竹笊、桶、まな板を洗い、包丁を研ぎ直して、片付けた。

「浪人さん、慣れたもんだねえ」

若い下職の松吉（まつきち）が感心したように言った。

「おれなんかよ、三か月くれえ、鰻が手につかなかったぜ。親方に何度も怒鳴られて覚えたもんだ。それをおめえさんは一日目からうめえことやっちまうんだからな」

「松吉、おめえは人一倍不器用だったからな」

「じいさん、言うねえ。おめえは今も鰻をおしゃかにするじゃねえか」

「それがし、坂崎磐音と申す、よろしくな」

「ああ、おれが松吉でよ、じいさんは……」

と言いかけた松吉が、

「おめえに名はあったかい」

と訊いた。

「ばか野郎、名前のねえ人間がいるものか。おれにも次平（じへい）という親から貰った立派な名があらあ」

「じいさんはじいさんかと思ったぜ。次平だそうだ、浪人さん」

下職の二人は鰻割きが終われば、火熾しや店掃除に回った。

磐音が最後に手を洗って台所に行くと、広い板の間に鉄五郎と女将らしい女がいた。

「おまえさん、このお侍が金兵衛さんの紹介ですか」

「ああ、これほど筋がいい方にはなかなかお目にかかれねえ。金兵衛さんに、あとで挨拶しておいてくんな」

と女房から磐音に視線を戻し、

「これはうちのかかあのさよでさあ。ささっ、あがんなせえ」

磐音は板の間に招き上げられた。

すると心得たように女中が脚のない膳を二つ運んできた。

大根とぶりの煮物、白子干し、豆腐の味噌汁、梅干しまで添えられてあった。

白い御飯から湯気が立っていた。

「飯は食い放題だ。好きなだけ女中に言いなせえ」

「それがしの膳でござるか」

「おや、朝餉は食べてこられましたかね」

いや、と磐音は顔を横に激しく振った。

「馳走を見て、つい口走った」

「坂崎さん、松吉や次平との兼ね合いもあらあ。給金はたんとは差し上げられねえ。だからよ、見習いのうちは朝飯付きで七十文というのはどうだい」

　磐音は鉄五郎を見た。

「不満かね」

「とんでもござらぬ。朝の一刻（二時間）余り働いて七十文がいただけ、その上、朝餉の馳走がつく。極楽にございます」

「決まった」

　大工、左官、鳶などの手間賃が五匁から三匁といわれた。銭に直せば、およそ三百文から五百五十文だ。

「うちはひと月に三度、七の日に休む。そのほかは雨が降ろうと槍が降ろうと店を開ける。鰻割きも休みなしだ」

「よろしくお頼み申します」

　磐音が頭を下げると、鉄五郎が、

「汁が冷めねえうちに飯だ」

　と箸を取った。

　金兵衛に首尾を報告に行った。すると今津屋に奉公しているおこんの姿があった。

　昼間見るおこんは二十一、二か。さっと化粧を刷いた顔が美しく輝いていた。

「今日はお休みですか」

「休みじゃありませんよ、坂崎さんの一件で使いに来たんです。もっとも女将さんから、たまの里帰りだ、夕刻まで戻ってくればいいよとお許しを貰ってきましたけど……」

「用事が済みゃあ、店に戻ればいいじゃないか。うちが小うるさくてかなわないよ」

　金兵衛が強がりを言った。

「なに言ってんのよ、昨日だって娘の顔を見に来たんじゃないの。由蔵さんが言ってたわよ、お父っつぁんの強情は見せかけだけだって」

「うるせえ！」

おこんに言い負かされた金兵衛が磐音に視線を戻した。

磐音は鉄五郎の申し出を告げた。

「おお、これで運が向いてきたってもんだ」

「今津屋どのの仕事と両立できましょうか」

「できるできる、させるんだよ」

そう答えた金兵衛はおこんに、

「番頭の由蔵さんの口上はなんだ」

と訊いた。

「昨日は騒ぎのあとで坂崎様のお手当ても決めなかった。夜の間の仕事ゆえ、十日ごとに二分でどうですかって」

「なんだって、これだけの腕前と知りながら十日で二分、銭二千文かい。今津屋は吝嗇で評判だが、なかなかの申し出だぜ。おこん、鉄五郎親方は朝の間だけの鰻割きに七十文出しなさるんだぜ。仲介のしようもない。呆れてものが言えねえ」

「お店のことをそう悪く言わないで、お父っつぁん」

おこんが悲しそうな顔をした。

「金兵衛どの、それがしはそれで十分にございます」

「いや、そんな欲のねえこっちゃいけねえ」

金兵衛がそう言ったとき、おこんが懐から小さな包みを出して、磐音の前に差し出した。

「これは昨夜の働き料とか。これからもなにか騒ぎがあれば、特別にお手当ては出すそうです。坂崎さんにお父っつぁん、それで勘弁してくださいな」

「そ、それを早く言いねえ」

金兵衛が慌てて、

「念のためだ、おこん。昨日の働き料はいくらと今津屋は見積もったんだい」

「いやらしいわねえ、お父っつぁん。三両よ」

「仕方ねえか、坂崎さん」

「いただいてよいのでございますか」

「ああ、坂崎さんの働きだ」

と答えた金兵衛が、

「坂崎さん、それにしても凄い腕前だねえ」

と感心した。

「お父っつぁん、今津屋じゃ、出入りの奉行所同心を呼んで、昨日の一件を報告したんだけど、そのとき、検死なさったお役人が、今津屋、えらい遣い手を雇ったなと驚いてたわよ」

「おれもこの年まで生きてきたが、目の前で斬り合いを見たのは初めてだ。坂崎さん、おめえさんは、一体全体、なにをなさって藩を離れなすったんだね」

磐音はただ笑みを浮かべた。

その昼下がり、磐音は近くの米屋、味噌醬油屋、油屋などを回り、買い物をした。

今津屋から貰った三両のうち二両を金兵衛に渡し、滞った家賃を差し引いた残りは預かってもらった。

一両の金で買い物をして心豊かな気分で堀沿いを歩いてきた。すると幸吉たちに出会った。

「浪人さん、今津屋に雇ってもらったってなあ」

「おかげさまでよい働き口を探してもらった。そなたらに礼をせぬとな。なんぞ、ほしいものはないか」

「おれの捕った鰻をよ、一度でいいから宮戸川で食ってみてえ。丼にこう香ばしい鰻の蒲焼きがのってよ、御飯においしそうなタレがかかってやがる」

「いくらかな」

「本気かい。宮戸川の丼は川向こうより安くて百六十文だ」

幸吉ばかりご馳走するというわけにはいくまい。仲間を入れて三人となると四百八十文になる。

「そりゃ無理だ」

「無理だろうな」

幸吉があっさりと言った。

「すまぬが銭の持ち合わせがこれしかない。飴でも買ってくれ」

買い物の残り銭をざらざらと幸吉に渡した。それを数えた幸吉が、

「浪人さん、甘いな。これだけありゃ、鰻が食えるぜ」

と笑顔を見せた。

「なにっ、宮戸川でか」

「違わあ、道端で売ってる鰻は、一串十六文だ。三串買ってよ、おれっち三人で一串ずつ分ければ、一家じゅうが、匂いを嗅ぎながら飯が食えるってもんだ」

幸吉の仲間の二人が歓声を上げた。

「ありがとうよ」

の声を聞いて、磐音は長屋に戻った。すると部屋がきれいに掃除されていた。卓袱（ちゃぶ）台の上には、椎茸やら鮪（まぐろ）の切り身やらを炊き込んだ握り飯が皿に三つ置いてあった。

（おかしなことが……）

三和土に立っていると隣の水飴売りの五作（ごさく）の女房が、

「おこんさんがさ、瓶の水まで替えていったのさ。旦那、ありゃおまえさんに気があるね」

と言い残して消えた。

磐音は、

（そんな……）

と思いながら、買ってきた油を行灯に差した。

四

握り飯を夕食代わりに食した坂崎磐音は、長屋を出ると今津屋に向かった。

今日も両国橋は冷たい風が吹き抜けていた。

日没の残照が江戸城を浮かび上がらせていた。

（奈緒はどう暮らしていようか）

流言に惑わされて当主が妻を成敗した河出家は、藩の沙汰で取り潰しにあった。その慎之輔を斬り、流言を撒いたとされる山尻頼禎と蔵持十三に加えて、捕縛に向かった藩目付を四人も殺した小林琴平の家も取り潰しにあっていた。

それはすべて、磐音が琴平との戦いで受けた傷からくる高熱にうなされて寝ているうちに処分が決まったことであった。

慎之輔と琴平の家族が藩から拝領した屋敷を出たと聞いたのは、戦いの日から二十数日が経過していた。

磐音は暇乞いして江戸に出ると心に決めたとき、屋敷の若党に二人の家族の行方を探させた。

慎之輔の一家は関前城下から七里ほど離れた山里に引きこもったという。だが、中気で倒れた父を抱えた奈緒の一家の行方は杳として摑めなかった。

（息災に暮らしてくれよ）

磐音は橋の中ほどに足を止め、西に向かい合掌し、奈緒の無事を祈った。

「坂崎さん、なにをお祈りしているの」

振り返ると、胸の前に風呂敷包みを抱えたおこんがいた。

今津屋への帰りだろう。

「先ほどは馳走にあずかった」

「お父っつぁんが好きなのよ、まぜ御飯のお握りが」

「実に美味しかった」

磐音は深々と頭を下げた。

「ちょ、ちょっと、往来でお侍さんがそんなに簡単に頭を下げるもんじゃないわ」

おこんが慌てて言った。

「そうかな、武士が頭を下げてはいかぬか」

磐音とおこんは肩を並べて、西広小路へと歩き出した。

「お父っつぁんがどうも気になるというのも無理ないわ」

「それがしのことか」

「それがしのことかって、他にだれがいるのよ」

「そうだなあ、おこんさんとそれがしだけだな」

「あのさ、お父っつぁんのお節介、迷惑じゃない」

　磐音は足を止めて、おこんを見た。

「お節介とはとんでもござらん。それがし、宮戸川と今津屋に連れていってもらったおかげで、当座の心配がなくなった。昨日なぞ、米はいくらも残っていなかった」

「ふーん、明日の米にも困った顔には見えないけどねえ」

「いや、深刻な事態でな」

「お父っつぁんがね、坂崎磐音ってお侍は、いずれ名のあるお屋敷の若様だって。なにか事情があっての長屋暮らしだって言うのだけど」

「それがしが若様とな」

　磐音の笑い声が橋の上にからからと響いた。

「若様かどうか知らないけど、育ちのいいことだけは確かかね」

　と言ったおこんが磐音を見た。

「お父っつぁんの観察が当たっていることもあるわ。事情があっての町家暮らしだって」

「……」

「三つの位牌を見たの」

「……………」

ふいにおこんが、

「ごめんなさいね」

と謝った。

「深川育ちの女は礼儀知らずなの」

「いや、気にせんでくれ、おこんさん」

二人は橋を渡り終えていた。

「いいこと、私たち親子にできることがあればなんでも言って」

「ああ、そのときはお願いいたす」

西広小路にはまだ人込みがあった。

「橋一つ渡っただけで町が違って見えるわ」

深川育ちのおこんが呟く。

「御城があるせいか、川のこっちはなにかつーんとすましているわ。でもね、本所深川はお侍が住んでいても御家人ばかり。体面を保とうにもどうにもならない貧乏侍ばかりで、うちらとおっつかっつの暮らしだから、気兼ねがいらないわ」

今津屋にいるおこんはずっと大人に見えた。だが、川向こうの実家から店に戻るおこんは深川育ちの町娘そのものだ。

今津屋では丁稚たちが店の前を掃き掃除して、手代の文三(ぶんぞう)が大戸を下ろそうとしていた。

「おこんさん、お帰りなさい」

丁稚がおこんの姿を認めて、声をかけた。

「登吉(とうきち)さん、今日は番頭さんに叱られなかった」

「そうそう叱られませんよ。それにさ、番頭さんは夕暮れ前からお通夜に行かれました」

「ああ、市村道場の」

「そうですよ」

「だからのんびりした顔をしてんだ」

「おこんさん」

大戸を閉め終わった文三が、

「登吉を甘えさせちゃいけませんよ。こいつ、しくじって叱られるとおこんさんに慰めてもらおうと、必ず台所に行ってしくしく泣くんだから」

と笑いかけた。

「文三さんだって覚えがあるでしょ」

「ないこともないけどさ……」

文三と登吉とおこんの会話を聞いていると、おこんが今津屋でしっかりと根を下ろして奉公していることが分かった。

「ただ今帰りました」

おこんが通用口を潜って、店の男衆に声をかけた。

「おお、戻ったか」

帳場には通夜に行ったという老分の由蔵に代わって、主の吉右衛門が控え、支配人の林蔵(りんぞう)からなにか報告を受けていた。そのせいで店じゅうに緊張が満ちている。

「旦那様、坂崎様をお連れしました」

「おおっ、見えられたか」

吉右衛門はおこんの後ろから入ってきた磐音に笑いかけた。

「昨夜はご苦労でしたな」

「今津屋どの、過分な金子(きんす)をいただき、恐縮しております。精々働かせていただきますれば、なんなりとお申しつけくだされ」

「お願いしますぞ」

と答えた吉右衛門は、

「おこん、ちょいと奥に……」

とおこんを奥座敷に呼んだ。

「先生」

と林蔵が呼びかけた。

「支配人どの、すまぬが先生はやめてくれぬか。坂崎と呼んでいただければ、その方が気が楽でしてな」

磐音が笑みを浮かべて言うと、

「坂崎さん、でよろしいんで」

「ああ、かまわぬ」

「なにしろ昨夜のことが目にちらついてましてな」

と林蔵は独り言のように言い訳すると、

「保吉(やすきち)、坂崎さんをお部屋に案内(あない)しておくれ」

と手代の一人に命じた。

今津屋の用心棒が控える部屋は店の奥、二階への階段の下に造られた四畳だった。部屋の一部を階段が斜めに通っているため、長身の磐音は首を低くして部屋に通った。すると昨日、顔を合わせた二人の用心棒がすでに控えていた。

「遅くなりました」

磐音の挨拶に二人も黙って頭を下げた。

行灯、茶道具の他には小さな火鉢があって、鉄瓶がちんちんと湯気を立てていた。

磐音は包平をかたわらに置くと正座した。

用心棒の一人が茶を淹れ始めた。そして、

「不作法ですが」

と磐音に供してくれた。

「これは恐縮……」

「昨夜は助かりました」

笑った顔は若かった。

「なんの、邪魔立てしたのではありませぬか」

相手が磐音の顔を見た。

「正直申してそれがし慄えあがっておりまして、ご助勢がなければ笹村彦七郎どのや茂村どのと同じ亡骸になって転がったは必定……」

「匕首で刺された方も亡くなられたか」

「はい、苦しみ抜いた末、明け方に」

「毘沙門の統五郎を見逃すのではなかったな」

「本夕、二人の通夜が道場にて催されております」

　磐音が頷いた。

「通夜に参らずともよいのか」

「先生から師範代を倒されて生き残ったとは、市村道場の恥知らずとこっぴどく叱られ、通夜に出るにおよばず、今津屋で控えておれと命じられました」

「やはり迷惑をかけたようですな、申し訳ないことをしました」

　と頭を下げた磐音は、

「浪々の身になりたての坂崎磐音にござる、よしなに」

　と名乗った。

「これは御丁寧に。それがしは貧乏御家人の次男坊、品川柳次郎です」

　品川は二十三、四歳か。

「同輩は……」

と品川がもう一人を振り見た。

「元伊勢・津藩家臣、竹村武左衛門（たけむらぶざえもん）にござる」

と藩名を誇らしげに名乗った。

年は三十歳前後か。すでに全身に浪々の身がしっかりとこびりついていた。

「藤堂（とうどう）様のご家中の方にございましたか」

磐音が言うと、竹村が殺（そ）げた頬に満足そうな笑みを浮かべた。

「なあに、浪人になってはお互い元いた藩など詮（せん）なきことでござるよ」

意外と根は単純な人物かもしれないと磐音が思ったとき、竹村が火鉢のそばに寄ってきた。

磐音は茶を啜（すす）りながら訊いた。

「昨夜のようなことはこれまでございましたか」

「いえ、われらが詰め始めて三日目、初めてですよ」

柳次郎が答え、

「またありますかな」

と不安そうな顔をした。

「あると思っていたほうがいいかもしれませぬな」

「そうですか」

「市村道場のご流儀は丹石流だそうですな」

柳次郎が頷いた。

「丹石流は稽古が厳しいと聞き及びましたが」

「神田三崎町の佐々木玲圓先生の直心影流の厳しさとは比較になりません」

柳次郎は含みを持った言い方をすると、

「もっとも、昨夜亡くなられた笹村彦七郎どのはなかなかの遣い手でしてね、それがしなど道場では赤子同様の扱いで、さんざんいたぶられたものです」

と自嘲した。

「ともかく坂崎どのと一緒ならわれらも心強い。よろしくお願いいたします」

さようさようと竹村も言い出した。

「こちらこそ……」

三人は茶を喫しながら、あたりさわりのない浪人の身過ぎ世過ぎなどを語り合った。

用心棒という商い、なにごともなければ、ただ時が来るのを待つ商売だ。

「坂崎様」

由蔵の声がかかった。

階段下の小部屋を出ると、昨夜訪れた主の座敷に連れていかれた。

吉右衛門は、羽織を着た四十半ばの総髪の剣客と話していた。

部屋の隅には二人の浪人がいた。どちらも三十代半ばか、全身から血の臭いが漂い、その相貌（そうぼう）にも荒んだ気配があった。

「おお、坂崎様、見えられたか。市村道場の主の市村集五郎先生にございます」

主はほっとしたように言った。

「それがし、坂崎磐音にございます」

「そなたか、昨夜はご活躍であったようじゃな。今津屋どのも喜んでおられる」

市村の言葉には刺（とげ）が含まれていた。

「差し出がましいことをいたしたと反省しております」

磐音が軽く頭を下げた。

「そなたにもお節介をしたという自覚がござったか」

市村はじろりと見ると、

「丹石流をそう軽んじられぬなよ。もし昨夜のような輩（やから）が参れば、われら市村道場の者で始末いたす」

「はい、心得ました」

「見ればまだお若い。若さに免じて昨夜の手出しは問うまい」

「ほっといたしました」

磐音はにこにこと笑みを浮かべた。

「今津屋どの、士道不覚悟の品川柳次郎、竹村武左衛門の両名、破門いたした。もはや心配はござらぬ」

「破門、ですか」

「今、この者たちと交替させる」

「この方々と……」

「おおっ、わが道場の剣友でな、百戦錬磨の古豪たちだ。神田三崎町の直心影流の道場剣法など比較になり申さぬ」

「いや、それは」

「番頭どの、心配めさるな。市村集五郎、いったん約定を成した以上、今津屋どのに迷惑はかけぬ」

市村は言いたいことだけを言うと、二人を連れて控えの間に向かった。

「老分さん」

吉右衛門が困惑の声を上げた。

「私はね、市村様がそれなりの人物と申されるから、店の警護をお任せしました。なんですね、あの二人は、まるで夜盗に蔵の番をさせるようなものではありませんか」

「旦那様、申し訳ございません。通夜の礼にと申されるから、市村様をお連れしましたが、まさかあのような野犬が供についてきたうえに、うちの警護に就こうとは夢にも思いませんでした。どうしたもので……」

「あのような者を両替商のうちに連れてくる市村様のお考えもおかしい。老分さん、市村道場の出入りをお断りしなさい」

「断って支障はございませぬかな」

「支障とはなんですね」

「刀など抜かれて暴れられても困ります」

「二晩続けて騒がれてたまるものですか」

吉右衛門が磬音を見た。

「坂崎様、どうしたものでございましょうな」

「今晩のところは市村どのの言われるとおりになさったほうがいい。私もおりますれば……」

「明日からはどうなさいますな」

「主どのがどうしても市村道場では駄目とお考えならば、日中にしかるべき者を立てて、お断りなされればよい」

吉右衛門が由蔵を見た。

「老分さん、うちは金を扱う商いです。夜中、店を警護する者があれでは困りますぞ」

「はっ、はい。明日にもなんとかいたします」

由蔵と坂崎は吉右衛門の座敷から控え部屋に戻った。すると竹村と品川が部屋を追われて、店の潜り戸から出ていこうとしていた。

「老分どの、あの二人にはささやかながら縁がござった。別れを言ってきてよいかな」

「ご自由になさいませ」

磐音は後を追って潜り戸を抜け、西広小路に出た。

二人の影が悄然（しょうぜん）として浅草御門の方に歩いていこうとしていた。

「竹村どの、品川どの」

磐音に声をかけられて二人が振り向いた。

「坂崎どのか」

柳次郎が寂しそうに答えた。

「子細は聞いた」

「今津屋どのが、われらでは心許無いと言われたそうな」

「そのようなことはなにも……」

「なかったと申されるか」

うーんと磐音は返答に迷った。

「市村道場を破門されることなどなんでもない。だが、正直申してわれらはこの仕事を生計（たつき）としておったのだ」

竹村も必死の顔をした。

「そうでしたか」

と答えた磐音は見聞したことをありのまま告げた。

「なんと市村先生が……」

「おのれ、口先を弄（ろう）しおって、どうしてくれようか」

「竹村さん、文句を言いに参ろうか」

　二人が顔を見合わせた。

「お二人が抗議なされても市村先生はびくりともなさるまい。あの二人をあなた方にけしかけますよ」

　二人が困惑の顔をした。

「剣友と申されましたが、何者です」

　品川の口から溜め息が洩れた。

「一人は忠也派一刀流の遣い手黒岩十三郎、もう一人は市村先生と同じ丹石流の天童赤司という剣客です。時折り、道場に顔を見せますが、正直、何者か得体が知れません。先生の部屋で酒ばかり飲んでいます」

　その体から漂う自信と虚無の匂いが二人の生き方を示していた。

「おれはあやつらをつい最近賭場で見かけたことがある。浅草門前町のやくざの親分、五大の力五郎のところで用心棒をしたときの話だ」

　竹村はいろいろな稼ぎを経験しているようだ。

「黒岩と天童は博奕場の客でしたか」

「いや、羽織を着た番頭風の男の供だった」

「町人が客ですか」

「それがな、三下（さんした）に訊くと、羽織の男は銭箱に小判を詰めて賭場などに出向き、南鐐二朱銀と交換して歩いているということだった」

竹村は、昨夜の騒ぎの発端が南鐐二朱銀であったことなどすっかり忘れていた。

「お二人に頼みがござる」

磐音は二人としばらく立ち話を続けた。すると竹村と柳次郎の顔に生気が戻ってきた。

「約束ですよ」

柳次郎が言う。

「うまくいきましたらな」

「よし、任せてもらおう」

と竹村が応じた。

「お願いいたす」

磐音は浅草御門へと向かう二人を見送った。

その頭上には初冬の月が冴え冴えと輝いていた。

第三章　騒乱南鐐銀

一

明（あけ）六つ（午前六時）の鐘を坂崎磐音は両国橋の上で聞いた。

磐音は足を止めると深呼吸をした。

なにしろ一晩じゅう四畳の控えの間で酒と煙草（たばこ）の匂いに攻められていたのだ。

黒岩も天童も台所から酒を運ばせると、茶碗でぐいぐい飲みながらの徹夜であった。その上、天童は煙草を立て続けに吸った。

酒が進むごとに痩身の黒岩の両眼は血走り、顔は青くなった。

一方、小太りの天童は酔いとともに顔が赤黒くなっていった。

二人はあとから入っていった磐音を無視したまま、一言も話しかけようとはしない。

磐音は戸口近くに胡座(あぐら)をかいて座し、ゆったりと姿勢を保った。

竹村と品川に別れて店に戻った磐音は老分(ろうぶん)の由蔵に、

「差し支えなければ南鐐二朱銀(なんりょうにしゅぎん)についての布告などの写しがあれば読ませてもらえませぬか」

と頼んでみた。由蔵はしばらく磐音の顔を見ていたが、

「いいでしょう、店の外には持ち出さんでくだされ」

といって新しい帳簿を渡してくれた。表紙には南鐐二朱銀関わり帳とあった。

「汚れてもいかぬ。表紙を覆いたいのですが、なにか不要の紙はございませんか」

「表紙を隠したいのであれば、手代から取り上げた草双紙(くさぞうし)がございます」

磐音は草双紙に関わり帳をはさみ込んだ。

「これはよい、お借りする」

磐音は草双紙にはさみ込んだ関わり帳に目を落としながら、煙草の煙と酒いきれが部屋に充満すると引き戸を開けて、空気を入れ替えた。すると黒岩が、

「戸を閉めよ、寒くてかなわぬ」

と命じた。

「部屋の空気を入れ替えましたらな」

磐音は穏やかな語調で応じると、

「おれの言うことが聞けぬというか」

と血走った眼を向けた。

「いますぐ閉めまする」

磐音はあくまで静かに応対した。

黒岩の眉間(みけん)の血管が青く浮き上がり、かたわらに置いた刀に手が伸びかけたが、天童が目顔で制した。

磐音はまた帳簿に目を落とした。

そんなことが一、二度繰り返され、

「夜食をお持ちしました」

とおこんの声がした。

磐音は草双紙に隠された関わり帳を懐(ふところ)に仕舞って、障子を開けた。

台所女中とおこんが、鳥肉、椎茸、青菜を炊き込んであるそばを盆に載せてきた。

　部屋の様子を見て、

「呆(あき)れた」

　と黒岩と天童を睨(にら)んだ。

「お二人さん、ほどほどにしてくださいな。肝心なときに務めが果たせませんよ」

「女、酒の肴(さかな)はないか」

　黒岩十三郎が言った。

「うちは飲み屋ではありません。老分さんが頭を抱えられるはずだわ」

　深川育ちのおこんはぽんぽん言い返した。

「われらの腕は少々の酒ではこたえぬ。それどころか冴え渡るほどじゃ」

　天童も口を添えた。

　おこんが磐音を向き、

「坂崎さんもこの二人と一緒じゃ大変ね」

　と同情してくれた。

「時がくれば、夜は明けるでな。それよりそばを馳走になる」

　磐音は丼と箸を手にすると湯気の立つそばを啜(すす)り込んだ。

「おおっ、これは美味じゃ」

おこんは無心に食べる磬音を見て、

「坂崎さんも変わった人かもしれないね」

と呟いた。

「なにか申したか」

「狼二匹の檻に入っているというのに、まるで感じてないわ」

おこんは由蔵の命で控え部屋の様子を見に来たようだ。

「女、なにか申したか」

黒岩が酔眼を向けた。

「いやね、老分さんがさ、お店の奉公人は明六つには起きて掃除など始めますから、その前には退出を、とおっしゃっておられます」

そばの汁まで啜った磬音は丼をおこんに返して、

「相分かった」

と返答した。

おこんが頷いて去りかけるのに黒岩が、

「もう一本、大徳利を持って参れ」

「うちは飲み屋じゃありませんと、先ほども申し上げました」

おこんはそう言うと障子を閉めた。

「一本とられましたな」

磐音が笑いかけると、

「いらざることは言うでない」

と黒岩が睨んだ。

四半刻(しはんとき)(三十分)後、一升五合は入りそうな大徳利が空いた。

「台所に行って参る」

天童が空徳利を手に立ち上がろうとした。

「なんぞ肴も見繕(みつくろ)って参れ」

黒岩が命じた。

「おやめなされ」

磐音が静かに制した。

「なにっ、なんと申したな」

黒岩が刀を引きつけた。

「先ほどからいらざる節介ばかりしおって」

「われらは今津屋の警護に雇われたものにござる。酒を飲むのが仕事ではござらぬでな」

「言うたな」

黒岩が立ち上がろうとした。

その腰を天童が制して、

「黒岩、今宵のところは、昨夜の働きに免じてこやつに花を持たせようではないか」

と宥(なだ)めた。

黒岩が不承不承腰を下ろした。そして、なにごとかぶつぶつ呟いていたが、その場にごろりと横たわって大鼾(おおいびき)をかき始めた。

天童はその様子を見ていたが、すでに冷えきったそばに手を出すとずるずる汁だけ啜り込み、そばも具も残した。そして、手枕で横になった。

磐音はようやく南鐐二朱銀についての関わり帳を集中して読むことができるようになった。

七つ半（午前五時）の頃合、磐音は控え部屋の障子を開けて、冷たい空気を入れると二人を起こした。

「刻限でござる、起きてくだされ」

「よいよい、障子を閉めよ」

黒岩がまた横になろうとする顔に、厠（かわや）の手水鉢（ちょうずばち）で濡（ぬ）らした手拭（てぬぐ）いを置いた。

「つ、冷たい！ なにをいたすか、その分では捨ておかぬぞ」

黒岩は刀を引きつけようとした。だが、二人の刀は磐音が取り上げて、店の上がりかまちに移しておいた。

「刀はそなたらがお帰りになるのを店先で待ってござる」

「おのれ！」

磐音に素手で襲いかかろうとした黒岩を天童が引き止め、

「黒岩、今朝は退散いたそうか」

と開け放たれた障子からよろよろしながら、店先の板の間に向かった。

磐音も従った。

すると板の間には老分の由蔵がすでに座っていた。

磐音は三和土（たたき）に下りて潜り戸を開いた。

「黒岩どの、天童どの、こちらでござる」

上がりかまちの刀を取ると、帯にたばさんだ黒岩が、磐音との間合いを一瞬計った。

　磐音は手にしていた包平（かねひら）を左の腰に静かに引きつけた。

　それを見ていた天童が、

「ではまた今夕……」

　と由蔵に挨拶（あいさつ）すると黒岩の背を押すように出ていった。

　磐音は潜り戸から広小路に顔を突き出して、二人が朝靄（あさもや）の中に消えていくのを確かめた。すると二人の背後を、継ぎのあたった作業着に頬被りして、日傭取（ひようと）りに出かけるといった格好の品川柳次郎が尾行していくのが見えた。

　磐音は顔を店に戻した。すると由蔵が、

「いやはや、えらいものを店に引き入れてしまいました」

　と嘆いた。黒岩らの所業が心配で眠れなかった様子だ。

　磐音は、

「大事な書類お返しいたす」

　と草双紙にはさまれた南鐐二朱銀関わり帳を由蔵に渡した。

「お読みいただけましたか」

「およそのところは……」

「坂崎様は藩におられるとき、商いに関心がございましたかな」

「このような時勢にござる。武士も商いに無縁では生きられませんからな」

由蔵が大きく頷いた。

「差し出がましいことながら、市村集五郎どのを推挙なされたお方は信頼のおける人物にございましょうな」

「それはもちろん……」

長年の取引先だと由蔵が答えた。

「取引先のお方は、市村どののお人柄をよく知った上で推薦なされたのでございましょうか」

由蔵はなにか思いついたのか、

「坂崎様、いま一度問い合わせてみます」

磐音は頷くと、

「夕刻前には参ります」

と挨拶して今津屋を出たのだ。

宮戸川の裏口はまだ閉じられていた。

「ちと早かったか」
金兵衛長屋に戻ろうと思ったが、床に入ればすぐには起きる自信がない。
宮戸川の裏口の前は三十坪ほどの小さな空き地になっていた。
磐音は空き地の中央に陣取ると姿勢を正して、腰をわずかに落とした。
このところ仕事探しが忙しくて稽古を怠けていた。
虚空の一点に焦点を定めた磐音は、無音の気合いとともに包平二尺七寸を抜き打った。
波形を乱して、刃が光になった。
胸のうちで呟いた磐音は、包平を鞘に戻した。
（いかぬな）
再び抜き打った。
だが、空き地の空気は乱れて分かれた。
磐音は剣を鞘に納めたあと、瞑目した。
徹夜で疲れた脳髄を無の空間に戻すべく、時の流れに心身をゆだねた。
どれほどの時刻が過ぎたか、磐音は無限の空間に身を置く自分を感じた。
白く、果てしない無の世界。

息を空気と同化させた。

両眼を見開くと同時に一歩踏み込みながら、抜き打った。

空気がすっぱりと斬り裂かれた手応えがあった。

磐音の意思を帯びた包平は虚空に光の弧を幾筋も描き、大気を縦横無尽に斬り分けていった。

人の気配を感じた。

磐音の動きが緩やかなものとなり、空き地の中央で静止した。

虚空に躍った包平を静かに鞘に納めた。

宮戸川の裏口に鉄五郎親方が立っていた。

「坂崎さん、おめえさんが鰻を割くなんぞは朝飯前のことだ。ええものを見せてもらったよ」

「済まぬ、裏口を騒がせて」

「明日っから、裏戸は早めに開けておこう。稽古がしたければ、うちの庭でやんなされ」

「よいのか」

「住み込みの奉公人の目覚まし代わりだ。ちったあ、しゃっきりしましょうぜ」

そう言った鉄五郎は、裏戸から磐音を招じ入れ、

「なんぞ徹夜でしたか」

と訊いた。

磐音は今津屋の用心棒稼業を告げた。

「徹夜明けで鰻割きとは、体は大丈夫ですかい」

「それだけは頑健でな、病一つしたことがない。徹夜と申してもただ座っているだけです」

すでに井戸端にはその日の鰻が竹籠に何杯も届いていた。

「坂崎さん、その格好ではいくらなんでもいけませんな」

鉄五郎はさよを呼ぶと、磐音に作業着と前掛けを用意するよう命じた。

大小を外して前掛けをかけてみると、鰻割きの心構えができた。

「坂崎さん、おめえさんの包丁はそこに用意しといた。好きなように研ぎなせえ」

包丁は新品だった。

「お心遣い痛み入る」

磐音は指の腹に刃を当てて、感触を探った。

研ぎ上がってはいたが、どこかしっくりしない。

磐音は研ぎ師の癖を自分の好みまで研ぎ直した。

すでに鉄五郎も、下職の松吉と次平じいさんも鰻割きにかかっていた。

磐音は呼吸を整えると、桶に蠢く一匹目の鰻を摑んだ。


磐音が金兵衛長屋に戻ったのは五つ半（午前九時）の刻限だ。

鰻の入荷が少なかったことと磐音が腕を上げたことで、作業がいつもより早く終わっていた。朝飯を賄ってもらって、満腹だった。

「浪人さん、今かい」

井戸端で鰻取りの仕度をしていた幸吉が声をかけてきた。

「鰻はどうであったな」

「おっ母さんが怒ってたぜ。鰻の蒲焼きなんぞがあると、飯の減るのが早いんだと」

「美味かったか」

「浪人さんは食ったことないのかい」

「江戸前の蒲焼きはまだじゃな」

「鰻の生ぐさい臭いじゃなくてよ、香ばしい匂いを一度くらいは味わっておくもんだぜ」

竹串一つを一家六人で初めて食べた幸吉が威張った。

鰻を割くとどうしても臭いが手に残った。

「幸吉、湯屋はこの刻限開いているものかな」

「六間湯の朝風呂は明六つと決まってらあ」

「ちと贅沢じゃが湯に行こう」

長屋に戻った磐音は、手拭いをぶらさげて町内の六間湯に行った。

朝風呂などというものは初めてのことだ。

女風呂からは賑やかな声がしてきたが、男湯は空いていた。

洗い場で手のぬめりをよく洗い流してざくろ口を潜った。湯船に小さな白髪頭が一つ浮かんでいるだけだ。

「失礼いたす」

顎まで浸かった老人に挨拶すると湯に体を入れた。徹夜で強張った体がばりばりと音を立てて、ほぐれていくようだ。

全身をゆっくりと湯船に伸ばした。

「極楽極楽……」

と呟いた磬音は、昨夜から身の周りで起こったことを考え直そうとした。

田沼意次の改革については豊後関前藩の江戸屋敷にあったとき、仲間たちとの修学会で検討してきたことだ。だが、そのあと、大火があって、その後始末に追われて国元に戻り、騒ぎに巻き込まれ、江戸に舞い戻ってきた。

田沼改革についてすっかり忘れていた。

また南鐐二朱銀についても九月に発行されたばかりで、考える余裕がなかった。

だが、昨夜由蔵が貸してくれた、幕府からのお触れや今津屋が奉公人のために詳述した文によって大方のことが頭に入っていた。しかし、それは黒岩と天童の高䡅の中で読み下されたこと、布告の文意などを理解するには至っていなかった。

今津屋の関わり帳の冒頭にこう記されてあった。

「お上が南鐐二朱銀を新たに発行されし第一の目的は、上方の銀遣いとの絶縁にあり。奉公人一同、そのことを肝に銘じるべし……」

そのあとに布令が記されてあった。

「この度、通用のため吹抜き（鋳造）候上銀南鐐と唱え候銀をもって、二朱の歩判仰せ付けられ候間、右歩判八つをもって金一両の積もり、文銀並びに銭とも時の相場の通り、滞りなく両替すべきの事……」

二朱銀の表に『以南鐐八片換小判一両』と刻んだのは勘定奉行川合越前守久敬の考えだという。

幕府としてはなんとしても南鐐一片の重さ二匁七分五厘の純銀を、金目二朱金と同価値に市場に取り扱わせることにあった。

だが、上方の商人たちは金目としての南鐐を無視して、実質銀として取り扱った。

二匁七分五厘の南鐐八片は通用銀五十五匁であった。

一方、金市場では一両およそ七十匁で交換されていた。

つまり南鐐を銀相場に換算すると一両との交換は南鐐十片でなければ取引できなかった。

磐音は、金兵衛が今津屋に連れていってくれた晩に話してくれたこととあわせて推測をつけた。

今津屋が南鐐二朱銀を巡る騒ぎに巻き込まれたのは、幕府の命を順守して南鐐八片をもって一両と兌換しようという姿勢に対してだ。つまりは金と銀相場の中で巨額な利を得ている反対勢力が仕掛けた罠ではないか。

賭場などに出回り始めた南鐐二朱銀十枚を一両で交換して、今津屋に持ち込んで八片一両と交換させれば、南鐐二枚の儲けとなるのだ。

(これは道場主ややくざ者が考えることではないな)

磐音は湯の中で改めて考えていた。

二

磐音は夢を見ていた。

白い顔は十六歳の奈緒だ。

磐音が藩主参勤の随員として江戸に出ることになった明和六年の新春、磐音と奈緒は、関前湾を望む雄美岬に遊びに行った。

なだらかな起伏の岬の斜面に黄水仙が咲き乱れ、野馬がのんびりと草をはみ、遠くに関前の海が光っていた。さらに向こうには四国がかすんで見えた。

二人だけで過ごす最後の時間だった。

「磐音様が江戸から戻られたとき、奈緒は十九です」

奈緒は三年があまりにも長いことを言外に訴えた。

「奈緒、私も二十七になっておる」

「磐音様」

奈緒が白い顔をほんのり赤らめ、

「奈緒は幼き頃より磐音様を知っております。でも、二十四の夏から二十七の春まで知ることはできませぬ」

「私もじゃ、十六の奈緒から十九の奈緒まで知らずに過ごすことになる」

「江戸から手紙をくださいませ」

「おお、書くぞ。奈緒も関前のことなどを知らせてくれ」

「はい、約束にございます」

奈緒が小指を差し出した。子供のときから奈緒と磐音が約束事を交わすときに繰り返されてきた儀式だ。

磐音が奈緒の指に絡めた。

奈緒は震えていた。

「このときを忘れませぬ」

奈緒が言った。

「そなたのことは片時も忘れるものか」

笑みが奈緒の顔に浮かび、泣き顔に変わった。


「浪人さん！　起きてくんな」

夢がふいに破られた。

磐音が目を開けると障子に西日が射していた。

視線を巡らすと、上がりかまちに今にも泣き崩れそうな顔の幸吉が立っていた。


「浪人さんのせいでおみっちゃんが女郎に売られるんだよ」

おみつとはだれなのか。

「それがしのせいで……」

磐音は夜具をはねのけて起きた。

「幸吉どの、子細が呑み込めぬ。ゆっくりと話してくれぬか」

「だからよ、おみっちゃんが女衒(ぜげん)に連れていかれるんだよ」

幸吉の後ろから母親のおしげが顔を覗(のぞ)かせ、

「いやさ、借金のかたにさ、参(さん)ちゃんの姉のおみっちゃんが岡場所に売られていくんだよ」

ようやく話が通じた。

「おみつはいくつか」

「十四になったばかりだよ」

なんと、と絶句した磐音は、

「それがしのせいでと幸吉どのが申したが、どういうことかな」

「浪人さんのせいであるものか」

おしげが困った顔をした。

「浪人さんがよ、おれたちに五十文くれたじゃねえか。そんで三串鰻を買ってよ、参次も一串うれしそうに持って帰ったんだよ。そんでおまんまを食っていると金貸しの権造が面出してさ、この家は鰻なんぞを食いやがって、借金返すのが先じゃねえかと大騒ぎしたんだよ」

おしげが頷くと、言い添えた。

「なあに権造の奴、おみっちゃんを女郎に売り飛ばすきっかけを探していたんだよ。それがたまたま十六文の鰻の日にあたっちゃったんだ」

「およそのところは呑み込めた。で、権造が女衒を連れてくるのはいつなんだ」

「もうすぐだよ、もう連れていかれてるかもしれねえんだよ」

幸吉は地団太を踏んで苛立(いらだ)った。

「相分かった。幸吉どの、ちょっと待ってくれ」

「おおっ、そうこなきゃあ」

幸吉の顔に明るさが戻った。

磐音はその足で今津屋に回ってもよいように袴(はかま)を付け、大小を差し落とした。

「浪人さん、すまないね」

おしげが謝った。

「参次の家はなぜ借金をなしたな」

「いやさ、お父っつぁんはうちと同じ大工だったがよ。三年前、足場から落ちて怪我をしてね、それがケチのつきはじめさ。去年の暮れに亡くなったんだが、治療代やらなにやらで五両ばかり権造親分のところから借りたらしいや」

「権造親分と呼ばれているのか。金貸しが本業ではないのか」

「金貸しが本業か、やくざが本業か知らねえや。富岡八幡宮(とみおかはちまんぐう)の門前に御大層に一家を構えていらあ」

領いた磐音は、

「思案はないが、ともあれ訪ねてみよう」

としげに言い残して、長屋を出た。

すでに幸吉は木戸口で足踏みしていた。

「参次の長屋はどこかな」

「だからよ、泉養寺の裏手の貧乏長屋だよ」

幸吉は小走りに猿子橋を渡ると、南六間堀町、元町、森下町に囲まれた神明社地、別当泉養寺の北側の低地にしゃがみ込むように建つ長屋の、壊れかけた木戸口に磐音を案内していった。すると参次の喚く声が聞こえてきた。

幸吉がたまらず走り出していた。

「姉ちゃんを連れていくな！」

小さな体の参次が、女衒とおぼしき派手な羽織の男の片足にかじりついていた。

その襟首を、金貸し権造に従う用心棒のやくざ者が摑んだ。だが、参次はそれでも足にしがみついて離れない。

「姉ちゃんを返せ、五両のかたに取られてたまるか」

長屋の連中も騒ぎを遠巻きにしていた。が、長脇差や匕首を持った連中には太刀打ちできなかった。

女衒のかたわらではおみつと思える少女が身を慄わせて泣いていた。

「この餓鬼は！」

女衒が下駄の先で参次を蹴りつけ、やくざが襟首を持って放り投げた。

「畜生、人でなし、女衒の徳兵衛め」

磐音のかたわらに立った長屋の女房が胸に大根を抱えて、小さな声で呟いた。

木戸の柱に体をぶつけた参次の額から血が流れて、泣きじゃくりながらも女衒たちの動きを止めようとした。

「参次、もう心配いらねえぞ！　おれが浪人さんを連れてきたからよ」

幸吉が叫んだ。

「幸ちゃん！」

参次も叫び返した。

金貸しの権造と女衒が同時に、木戸口に立つ磐音を振り見た。

「てめえはなんだ！」

参次の襟首を摑んで投げたやくざが磐音の前に立ち塞がった。

「参次どのの鰻仲間でな」

「なにを分からねえことをぬかしやがる」

磐音ののんびりした答えにやくざが喚き返した。

「ところで尋ねるが、わずかな借金のかたにおみつを女郎に売ろうというのは確かか」

「わずかだと。てめえ、言いやがったな」

「それがなにか気に障られたか」

「権造親分はな、情けで何年も黙って待ってこられたんだ」

「ならばもう少し待ってくれぬか」

「待てばおまえさんが払おうとでもいうのか」

権造がせせら笑って磐音を見た。

「話し次第ではそうしてもよい」

「いくら持ってるね」

権造の言葉に女衒が嫌な顔をした。

「金の持ち合わせか、今はない」

「なんだとふざけやがって！」

「二十二両と三分二朱、そっくり耳を揃えられるというのならおみつを返してやってもいいぜ」

「権造どの、おみつの一家が借りたのは五両ではないのか」

磐音の口調はあくまでのんびりとしていた。

「浪人、寝惚けたことは言いっこなしだ。借金には利息というものがつくんだぜ」

「さようか」

「なにがさようかだ。払えるのか払えねえのか」

「お上が決められた利息は一分であったかな」

「親分、手ぬるいぜ！」

参次の襟首を摑んだやくざ者が懐から匕首を抜きざま、磐音に向かって突っ込んできた。茫洋と立っていた磐音の挙動が変わった。

半身の構えで踏み込むと、匕首を握った手首を逆手に取って捩じり上げた。

男が虚空に舞い、地面に叩きつけられた。

「くえっ！」

男は背中を強打して失神した。

磐音は顔に笑みを浮かべ、立っていた。

だれの目にも春風が長屋の木戸口を吹き抜けたように、すうっと軽やかにそよいだだけ、と映った。

「やりやがったな！」

仲間の四人が長脇差やら匕首を構えて磐音を囲んだ。

「権造親分、今日のところは黙って引き上げないか」

「ふざけたことをぬかしやがって。野郎ども、さんぴんを畳んで大川に投げ込め！」

権造が命じたと同時に、右手にいた男が長脇差を大きく振りかざして突っ込んできた。

姿勢を低くした磐音は相手の大きな動きを見切りながら、鞘ごと包平を抜いて前方に突き出した。

包平の柄頭(つかがしら)が襲撃者の鳩尾(みぞおち)を強打した。

くたっ、と膝を曲げて倒れ込む相手から、磐音は長脇差を取り上げていた。

包平を腰に差し戻した磐音は長脇差を峰に返した。

左の匕首が閃(ひらめ)いたのを視界の端に留めた磐音は、その場を動こうともせず長脇差を弾くように使った。

峰が匕首を持つ手首を叩いて、匕首を宙に飛ばした。

中央で様子を窺っていた兄貴分が長脇差を腰にためて突っ込んできた。

磐音の長脇差が白い光になって反転し、兄貴分の首筋を峰で打った。

叫びも上げずに前のめりに倒れ込む。

残った二人は磐音の早業に立ち竦(すく)んでいた。

磐音が長脇差を放り投げた。

大根を胸に抱えていた女房があんぐりと口を開けていた。

「権造親分、参次の額の傷が今日の利息じゃ。そうしておけ」

「ふざけたことを……」

権造が親分の貫禄を見せて、凝った拵(こしら)えの長脇差に手をかけた。

「大根を借り受ける」

磐音が女の手から大根を奪うと権造の頭上に投げ上げた。

腰が沈んだ。

無音の気合いがあたりの空気を震わせた。

磐音の腰から白い光が走って弧を描き、頭上から落ちてくる大根を両断すると、包平の豪壮な刃が権造の眉間に雪崩(なだ)れてきて、眉間でぴたりと止まった。

大根が地面に転がった。

権造が白目を剝(む)いて、ずるずると腰砕けにへたり込んだ。

「親分さん、富岡八幡宮の家にそれがしが伺う。それまで辛抱してくれないか」

「な、なんでえ」

権造の言葉からは最早勢いが失せていた。

「待ってくれるだろうな」

磐音がにこにこと笑いかけた。

「もし否という返事なら、そなたの首が大根のように真っ二つになるが、どうであろうな」

「し、仕方ねえ」

「違約のときはいつでも、そなたのところにこの包平と押しかけるぞ」

磐音が包平を鞘に戻した。

四つん這いから這々(ほうほう)の体(てい)で立ち上がった権造に女衒が、

「権造さん、えらい無駄足でしたな」

捨て台詞を残して、長屋の木戸口を出ていった。

「徳兵衛さん、ちょっと待ってくんな」

と権造が女衒のあとを追いかけたので、長屋から歓声が上がった。

「浪人さん、すげえや」

幸吉に声をかけられて、磐音は照れたようなそぶりを見せた。


今津屋を訪ねたとき、まだ暖簾（のれん）がかかっていた。

「おや、坂崎様、お早いお着きで」

帳場から由蔵が眼鏡越しに磐音を見た。

「今朝のこともあるゆえ、早めに来た。お二方はまだかな」

「日が落ちなきゃ来ませんよ」

「ならば、番頭どの、どこぞで夕飯を食うてきたいのじゃがよろしいか」

西に広小路を上がれば、旅籠（はたご）屋が軒を連ねる横山町、馬喰町（ばくろちょう）があった。江戸に出てきた公事（くじ）の泊まり客目当てに安直な飯屋や飲み屋もある。

磐音はそこへ食事に行こうと考えていた。

「坂崎様、ちょいとこちらに」

由蔵は手招きすると、三和土の隅から奥の台所に通じる通路を指し示した。

磐音は奥へ回った。

台所では下働きの女中たちが今津屋の家族や大勢の奉公人の夕食を作っていた。湯気がもうもうと上がっているのは大釜で炊かれた飯がお櫃に移されているからだ。

「おこんさん、仕度はできてますかな」

由蔵が、板の間で家族の膳部を揃えていたおこんに声をかけた。

「おや、早かったんですね」

「まだかね」

「いえ、もう大丈夫です」

おこんは磐音に板の間に上がるよう指し示し、

「今日から夕餉はお店で食べてもらいます」

と告げた。

「はあ」

磐音が怪訝な顔をするとおこんが、

「うちは大所帯、坂崎さんが一人増えるくらいなんでもないの。ささ、今、用意しますからこちらに座ってくださいな」

と箱膳の前を指し示した。

磐音は由蔵の顔を見た。

「金兵衛さんは、今津屋がケチとおっしゃっているようですな。夕餉くらい馳走せんと、またなにを言い触らされるかわかりません」

由蔵も箱膳のかたわらに座った。

おこんが手早く茶を二つ淹(い)れた。

由蔵が耳打ちした。

「坂崎様、市村先生を紹介したのは亀井町の質屋の讃岐(さぬき)屋です。うちの店とは縁戚関係でもありましてな……」

そこで由蔵はおこんの淹れてくれた茶を啜った。

どうやら台所に磐音を導いたのは話がしたかったのであろう。

「ところが讃岐屋に問い合わせますとな、市村道場とはさほど親しい仲ではございませんでした。市村先生が隣町の江川町から刀剣類を質草に持ってくるうちに、今津屋どのの知り合いなれば警護の端にと何度も頼み込んだらしいのです……」

磐音は由蔵を見た。

「旦那様は、曰(いわ)くを持ってうちに入り込んだと心配しておられます」

「困りましたな」

「なにしろうちは金を扱うのが商売。得体の知れぬ浪人を夜分に何人も屋根の下に置いておくのは警護どころか、盗っ人を家に飼っているようなものです」

磐音は頷いた。

「辞めさせるには口実がいりましょう」

「そこです」

「なんとかなりませんかな」

由蔵は磐音を見た。

「番頭どの、市村道場を破門された品川氏と竹村氏に、今朝方から黒岩、天童を尾行させております……」

由蔵が膝をぱーんと叩いた。

「さすがじゃ」

「ところが、よくない話が……」

磐音は、黒岩と天童の二人が、賭場で南鐐二朱銀十枚を一両で買い集めている町人に従っていたという話を由蔵に告げた。

「なんとそのようなことが……」

由蔵は両眼を丸くして驚いた。

「そのうちにこちらに、お上が定めた兌換どおり、南鐐二朱銀八枚を小判一両に替えようと大量に持ち込む者が現われるかもしれませんぞ」

「うち一店に集中されると潰れます」

由蔵の顔が引きつった。

「黒岩たちを尾行する二人がうまく南鐐を買い集めている者まで辿りつけば、反撃も可能です」

由蔵はうんうんと頷くと、

「坂崎様、旦那様に相談申し上げてきます」

と言って立ち、磐音の顔を見下ろしながら、

「坂崎様がいてくれてどんなに心強いか」

と吐息を一つついた。

「坂崎様、御飯ですよ」

おこんが鮃の煮付け、ヒジキと油揚の煮付けなど、作り立てのお菜を盆に載せて運んできた。

「おこんさん、坂崎様にはたっぷりと力をつくものを上げてくださいよ」

由蔵はそう言い残して奥に消えた。

三

磐音が今津屋の徹夜の警護を始めて、四日目が終わろうとしていた。

黒岩と天童対磐音、二対一の黙りこくって睨み合う無言の行が一晩じゅう続いていた。夜明けを待ちかねたように黒岩と天童は今津屋を出ていく。

磐音は竹村が尾行を始めたのを確かめ、番頭の由蔵に辞去の挨拶をした。

「今日も鰻割きのお仕事に出かけられますかな」

「いえ、今日は七の日で店が休みです」

「それはなにより骨休めになりますな」

由蔵が四両を差し出し、

「動いておいでの竹村様と品川様に当座の手当てを差し上げてください」

と言った。

「おお、これはなによりの心遣い、二人とも喜びましょう。お預かりします」

磐音は四両を受け取ると、今一度挨拶して今津屋を出た。

薄暗い両国橋上では、仕事先に向かう職人たちが道具箱を肩に足早に往き来していた。水上にも荷船が行き交って、すでに江戸の一日は始まっていた。

「坂崎さん」

と呼ばれて振り向くと、品川柳次郎が磐音の後を追ってきた。

「一度報告をと思いましてな。坂崎さんがお店を出られるのを待っていました」

「ちょうどよかった、品川さんにお渡しするものがあった」

「ほう、なんでしょう」

「私に付き合ってくれませんか」

「竹村さんと違って独り身、気楽です。どこへなりと……」

磐音は竹村と品川のことをあまりにも知らなさすぎた。

竹村武左衛門は所帯持ちなのか。

「近頃、徹夜明けの朝湯を覚えましてな、無上の楽しみになりました」

磐音は品川柳次郎を、金兵衛長屋に近い深川六間湯に連れていった。

二人は大小を二階の小女に預け、番台で品川のために手拭いを借り受けた。

磐音と品川は洗い場でたがいの背中を流し合い、ざくろ口を潜った。

今朝は湯船に年寄りが三人ほど入っていた。

「失礼いたします」

湯船に身を入れて、

「朝湯があることは承知していましたが、なかなか入る機会はなかった。気持ちのよいものですな」

「坂崎さんは最近浪々の身になられましたか」

「はい」

「でしょうな。お屋敷勤めでは町家の朝湯なんてそうそう入れませんからな。私など下町暮らしは身に染みておりますから」

柳次郎の屋敷は同じ深川の北割下水にあるといった。

「ならば朝湯は習慣でしたか」

「そんな馬鹿な……」

と柳次郎が呆れたように磐音を見た。

「北割下水がどんなところかご存じないようですね」

「はあ」

磐音は曖昧に頷いた。

「こんど訪ねてきてください。ともかく貧乏が頭につく御家人の家に朝湯を楽しむ余裕などありません。どこも日々の生計で必死です」

柳次郎は磐音の無知を笑った。

「そうそう、思い出した。今津屋どのから、そなたと竹村さんの当座の働き料だと二両ずつを預かっております。あとで渡します」

柳次郎の顔に喜色が走った。

「ほんとうですか」

「虚言は申しません」

「ありがたい」

と柳次郎が叫んだ。

「方々に借金だらけで、どうしたものかと思案していたところです」

笑うと柳次郎の顔に人柄のよさが漂った。

「報告を聞きましょうか」

湯船から老人たちの姿は消えていた。

「坂崎さん、黒岩十三郎と天童赤司は、新堀川沿いの寺町にある巌念寺の離れに住んでおります」

「お寺に寄宿ですか」

「はい、どう見ても金には困っていない様子です」

「用心棒稼業は、日当がいいのですかねえ」

「こんなご時世です、いいわけありませんよ。それが、始終酒を飲んでます。ただ、感心なことに稽古だけは欠かしません。境内で木剣の組み打ち、素振りと、一刻半（三時間）ほどたっぷり汗を流しています」

そう言った品川柳次郎は、

「坂崎さん、あの二人の腕を甘く見られないほうがいい。それがし、市村先生よりも実戦では上と見ました」

「肝に銘じておきます。ところで二人の離れに訪ねてくるものはいませんか」

「少なくともわれらが交替で見張り始めてからはいません」

二人の顔に玉の汗が浮かんできた。

磐音は話題を変えた。

「品川さんはご家族は」

「両親と兄の四人暮らしです。永の無役で貧乏が家じゅうに染みています」

柳次郎は恥ずかしそうに笑った。

「兄の代にでもお役に就けるとよいのですが、父と同じ生涯を辿ることになりましょうな」

徳川幕府になって早や百八十年近い歳月が過ぎた。

時代は武士から商人に移っていた。

仕官も役に就くのも難しいご時世といえた。

「坂崎さんは一人暮らしですか」

「長屋暮らしもなかなか悪くはないなと考えていたところです」

「今津屋の他にはなにかやっておられますか」

「大家どのの世話で鰻割きの仕事を得たところです」

磐音は宮戸川の仕事をいろいろと説明した。

「鰻割きとはなかなかの特技をお持ちだ。坂崎さんと話しているとなにやらこちらまでのんびりしてきます」

湯から上がった磐音は、品川柳次郎を北之橋詰めの一膳飯屋に連れていった。

船頭相手に朝早くから店を開けている。

磐音が時折り飯を食いに来る店だ。

顔見知りの小女に朝の定食を二人前注文すると、筆と硯を借りたいと頼んだ。

「こんなものしかありませんけど」

穂先のちびた筆と縁の欠けた硯を持ってきた。

「よいよい」

　磬音は二両を品川に渡すと言った。

「お手数だが受領書を書いてもらえまいか」

「坂崎さん、有り難く頂戴します」

「礼は今津屋に言ってください」

　品川は達筆とはいえないが丁寧な字で、年齢までを記した受け取りを書いた。

それを見ると年は磬音より四つ下の二十三歳だった。

「竹村さんの二両、いかがいたそうか」

「金を竹村さんに渡すのは考えものです」

　柳次郎が即座に答えた。

「どういうことかな」

「いえ、竹村さんは金があるととことん酒を飲んでしまうんです」

「それはご当人の勝手、致し方のないことではござらぬか」

「しかし長屋には、妻女と乳飲み子を含めた四人の子が待っているんですよ」

「四人も子が」

「はい、家族六人の暮らしが竹村さんにかかっているんです。だから、今津屋の仕事も、市村先生に命じられたから行ったんじゃなくて、日当目当てに志願したんです」

竹村武左衛門に子供が四人もいるとは、磐音は想像もしなかった。

「坂崎さん、差し出がましいのは分かっていますが、その二両、妻女に直に渡してくれませんか」

品川柳次郎は竹村の家族のことを心配していた。

「そなた、竹村どのの住まいをご存じか」

「はい、うちの近くの南割下水の裏長屋です」

「ならばそなたが届けて、妻女どのから受け取りを貰ってきてくれぬか」

「承知しました」

柳次郎は嬉しそうに答えた。

膳が運ばれてきた。

膳には生り節の煮付け、麦とろろがあり、大根の味噌汁から湯気が立っている。

「品川さん、それがしの長屋をのちほど教える。これからも互いに連絡を取り合うこともあろうからな」

「うちの破れ屋敷は北割下水でも有名です。貧乏御家人の品川清兵衛（せいべえ）と聞けばすぐに分かる」

江戸育ちの品川柳次郎が嬉しそうに笑った。

その夕暮れ前、浅草蔵前の西側を流れる新堀川の対岸から巌念寺を見ていた。

先ほどまで境内から二人の稽古の声が響いていたが、今はすでにやみ、静けさを取り戻していた。

すると黒岩十三郎と天童赤司の二人が揃って、山門から姿を見せた。

柳次郎の話によれば今津屋に出向く前、二人は酒を飲みながら夕食を摂るという。

二人は寺の間を抜ける路地を伝って、浅草蔵前通りに出ようとしていた。

そのあとを、竹村と見張りを交替した柳次郎が尾行していった。

磐音は新堀川に架（か）かる木橋を渡り、巌念寺の境内に入っていった。

山門の正面の本堂で合掌した磐音は寺内を見渡した。

本堂の左奥には小さな墓地があり、右側には寺房や庫裏（くり）があって、築山の奥に黒岩十三郎と天童赤司が住み暮らす瀟洒（しょうしゃ）な離れがあった。たしかに浪人者が住むには似つかわしくない離れだった。

巌念寺そのものは大きな寺ではない。だが、裕福な檀家を持っているとみえて、寺の手入れも行き届いていた。

「なんぞ御用ですか」

墓地から箒を手にした老爺(ろうや)が姿を見せた。

「いえ、時折り、剣術の稽古の声が聞こえて参りますので、お許しも得ずついふらりと入ってきました」

「聞こえましたか」

老爺は苦々しい顔をして離れを覗き込み、

「寺も物騒な浪人を住まわせたもので」

と嘆いた。どうやら庭掃除の老人は二人を嫌っている様子だった。

「この時節、熱心に稽古をなさっておられるお武家がおられると、それがし、感服いたしておりました」

「斬った張ったが商売ですから、熱心は当たり前です」

老爺の返事はにべもない。

「剣術は武士の表芸にございます」

「あやつらのやることは、大方、夜盗の類いでありましょうよ」

「どなたかのご紹介で離れに住まわれるようになったのですか」

「そりゃ、いくら和尚が金に弱いとはいえ、あの風貌で離れを貸せと言ってきても無理ですよ」

「やはりだれかのご紹介がなければ、このような落ち着いたところには住めませぬか」

磐音は羨ましそうに言ってみた。

「伊勢屋さんの口利きではな、和尚も首を横には振れますまい。それに下宿代も伊勢屋さんから入るのではな」

「どちらの伊勢屋どの……」

伊勢屋、稲荷に犬の糞……が名物なくらい、磐音も知っていた。それほど伊勢屋と名のつく店は江戸じゅうにあった。

「どっちの伊勢屋かって、本両替町の伊勢屋様に決まっていますよ。ほれ、墓があそこにございます」

老爺は自分が出てきた墓地を指差した。

「こちらに伺ったのもなにかの縁にございます。お墓にお参りさせてくださらぬか」

「墓に参るのは勝手じゃ、好きになされませ」

老爺は庫裏に去り、磬音は墓地に入っていった。

「えっ！　本両替町の伊勢屋丹兵衛様の菩提寺に、あの二人は住み暮らしているのですか」

今津屋の台所で老分と呼ばれる由蔵が驚きの声を上げ、控えの間のほうを見た。

「なんとなんと、これは奇怪……」

「下宿代も伊勢屋さんが寺に届けられるそうです」

「同業の者が二人の面倒をな」

と首を捻った由蔵は、

「早速、旦那様に申し上げねばなりますまい」

と立ち上がった。

「今日は遅かったわね」

入れ替わるように姿を見せたおこんが、いつものように磬音の夕餉を調えてくれた。

「立ち寄るところがあったものですから遅くなりました」

「番頭さんが大慌てで旦那様のところに走っていったわ。坂崎さんの立ち寄り先と関係がありそうね」

磐音の目はつい膳にいった。

今日のおかずは雉肉の焼き物、くわいの煮物、田楽豆腐であった。

「恐ろしくなりました」

おこんが訝しげな顔で磐音を見た。

「雉肉がお嫌いなんですか」

磐音は首を横に振ると、

「このような馳走ばかりが続くと、仕事がなくなったときどうなるかと思うてな」

「そんな先のことを心配すると、頭が禿げるわよ」

「そうか、禿げるか」

おこんが笑った。

「坂崎さんと話していると調子が狂うわ」

「馳走になる」

磐音は箸をとると一口ごとに嚙みしめ、味わいながら食べた。

美味しいものを食べているときの磐音は、おこんの問いかけさえ聞こえない。

ただ無心に食べる。

「馳走になった」

と箸を置いた磐音は、

「おや、おこんさんはまだここにおられたか」

と訊いた。

「食べているときの顔はまるで子供ね、私が話しかけてもそら返事なんだから」

「なにか訊かれたか」

「もういい」

おこんが淹れてくれた茶を飲んでいると由蔵が戻ってきた。

「坂崎様、ちょっと旦那様の部屋までご足労願えませんかな」

「はい、ただ今」

奥座敷には吉右衛門ともう一人、中年の武士がいた。

「おお、来られたか。坂崎様にお引き合わせしたくてな」

吉右衛門はそう言うと、対面していた武士を、

「勘定奉行川合越前守久敬様支配下、金座方の日村綱道様です」

金座方は金奉行ともいう。

日村が会釈した。

「今津屋からそなたのことは聞き及んでおる。神田三崎町の佐々木玲圓先生の門弟だそうですな」

その口調には佐々木を知っているような含みがあった。

頷いた磐音は、

「それがし、坂崎磐音と申します」

と名乗った。

「坂崎様、日村様は南鐐二朱銀の吹抜き（鋳造）から担当なされたお方でございましてな、今度の騒ぎには密かに頭を痛めておられます」

磐音は改めて、今津屋が幕府と密接な関係を保つ両替商だということに気づかされた。

「あの二人は伊勢屋の菩提寺の離れに寄宿しているそうですな」

「巌念寺が本両替町の伊勢屋丹兵衛どのの菩提寺であることには間違いございま

せん。掃除の老爺が申しますには、黒岩、天童ともに伊勢屋の口利きで寄宿をなし、寄宿の支払いは伊勢屋の使いが持ってくると申しておりました」

吉右衛門が頷き、

「日村様、坂崎様がお調べになってきたこと、ちと合点がいきませぬ」

と言った。

「ちと符節が合わぬな」

「ですが、この合点がいかぬところが、意外と真実をついている証しではございませぬかな」

「松島町と本両替町の伊勢屋がそれほど親しかったかどうか」

磐音には理解のつかぬことを日村が呟いた。

「このあたりに隠された鍵がありそうにございますな」

領いた吉右衛門が磐音を正視した。

四

「坂崎様、両替商が江戸に何軒あるかご存じか」

吉右衛門が改めて訊いた。

「享保三年（一七一八）、諸商の定員を幕府が定められたとき、両替商も六百株と決まったと存じましたが」

吉右衛門が大きく頷く。

「われら六百人の両替商の収益は第一に打賃……」

切賃とも称する打賃は、高額な貨幣を小額な銭などに替えてもらう際に両替商が客から受け取る手数料であった。例えば小判一両を銭四貫文に両替する場合、切賃はおよそ八文から十二文であった。

第二に、金銀相場の高低から生ずる歩合であった。金千両が銀七十二貫の相場のとき、これを六十九貫で引き換えるならば、両替商は銀三貫の収益になった。

第三は、預かり金は無利子、貸付金は利息をとった。預かり金の無利子は、火事や盗難を恐れて保護的に預ける目的であったからだ。

「……これらは、幕府がわれら六百株の両替屋に下しおかれた特権にございます」

吉右衛門はそう言い切ると、

「だからこそわれらには、幕府の貨幣改鋳を初めとする財政改革に協力する務めがございます。この度の田沼様のご改革にも両替商はうち揃って働かねばなりません。ところが、金銀相場の統一を図ろうとなされる南鐐二朱銀の発行流通は、両替商の相場の既得収益を大きく半減させることになる。そこで当然反対される両替商がおられる……」

「六百株のうち、南鐐二朱銀発行に反対の両替商はどれほどにございますか」

「私を含めて六百株全員……」

磐音は今津屋吉右衛門の正直な答えに目を丸くした。

金座方の日村が苦笑した。

「利を追う商人としては反対にございます。ですが、両替の本分に照らすとき、田沼様がお考えなされた金銀相場の統一は国家運営上、大変大事なことと考えております。そのための南鐐発行は大きな一歩です。統一貨幣であれば、上方と江戸の各市場は活発になります、歩合を払うことなく商いができるのですからな。当然、歩合は卸値、ひいては小売値にかかっていたものがなくなる分、諸物価は安くなる理屈です」

磐音にも頷けた。

「さて、金銀相場は本両替町の金座会所において、両替屋三組から派遣された手代十二名をもって決めて参ります。毎日の相場と取引額は、手代十二名の代表たる両替屋行司より為替組、駿河町の越後三井へ通告し、為替組は御勘定所および御金蔵に書類を上げ、三井は御納役所、川船役所に書き上げることを習わしにして参りました……」

　吉右衛門は後ろの手文庫を引き寄せた。

「両替屋行司を、松島町の両替商の長老、上方出の阿波屋有楽斎様が長年牛耳ってこられました……」

「南鐐二朱銀の発行に際して、金奉行のそれがしは両替商六百株の幹事役十名を役宅に呼んで通告をなし、協力を仰いだ」

　日村が吉右衛門に代わって言った。

「むろん阿波屋有楽斎も今津屋もその場に出ておった。話を聞いた幹事のうち、血相を変えて反対した者もいた。が、有楽斎は顔色一つ変えなかった」

「日村様も私も南鐐発行において両替相場の権威が失墜し、儲けがなくなる阿波屋様が反対の旗頭に座ることは予測しておりました。が、南鐐が発行されておよそひと月、阿波屋様は表立って動かれた様子はない。が、坂崎様のお調べでは、たれぞが南鐐を賭場で買い集めているという。その話を聞いたとき、とうとう阿波屋有楽斎かその一派が動いたな、と考えました……」

「が、動いたのは伊勢屋丹兵衛……」

「はい、これまで阿波屋と伊勢屋が親しき交わりをしていたとは聞いておりません。第一、伊勢屋は両替組合の幹事でもなければ、また南鐐二朱銀を独りで買い集める資金も度量もございませぬ。それどころかこの数年、分胴の看板を売り渡すという噂までありました」

「商いがうまくいってないのですね」

「相場に失敗したとか聞いております」

「だからこそ阿波屋に使われたということはありませぬか」

「おそらく坂崎様の推量があたっていましょう。阿波屋有楽斎が陰で糸を引いているのですよ」

「おかしゅうございますな、今津屋どの」

「なにがでございますか」

「両替屋行司の阿波屋有楽斎どのがいくら隠然たる力をお持ちとはいえ、幕府の政策に盾突くのはちと無謀にすぎます。もしそうなれば、有楽斎どのの背後に、田沼様に対抗しうる幕閣のどなたかがいなければならない」

吉右衛門がにっこりと笑い、

「そこです。田沼様のお怒りも川合様のご苦労も……」

文箱から古びた天秤を一台出して、磐音に見せた。

「われら六百株の両替屋は分胴形の看板と同時に天秤が許されます。底に篆書で陽の字が刻印された天秤はそれぞれ一つずつお上から与えられるのです。分銅と天秤は、われらが相場を正しく運営する気概、志を示すもの。両替屋行司、阿波屋有楽斎が幕閣のどなたかと組んで幕府の方策に反対されるのは、両替屋の領分を踏み外しております。権益を死守する策動は天秤の陽の字に込められた教えに反します」

日村と吉右衛門の脳裏には、阿波屋と繋がる幕閣の人物がだれかはっきりと浮かんでいるのだ。となれば、

「今津屋どの、それがしに伊勢屋と阿波屋の繋がりを探せとおっしゃるのですな」

「承知してくださるか」

磐音は静かに頷いた。

「坂崎様にお話ししてよかった」

吉右衛門の声がしみじみ聞こえた。

控えの間に行くと、黒岩十三郎と天童赤司がじろりと磐音を見た。

「こそこそと動きおって……」

黒岩が呟いた。

「遅くなりまして相すみませぬ」

磐音は言うといつもの四畳間の入口に陣取った。

「あ、そうそう、ご両所を思わぬところでお見かけしたことを思い出しました」

二人がじろりと磐音を見た。

「いつでしたか、浅草門前の賭場からお二人が出てこられたのを見て、それがし、羨ましく思いました。確か伊勢屋さんの番頭さんがお連れでしたかな」

吉右衛門との話し合いから南鐐二朱銀を賭場などで買い集めている者は伊勢屋に関わりのあるものでなければならない。そこで鎌を掛けてみたのだ。

二人の表情が険しくなった。

「なにしろ、こちらは賭場で遊ぶどころか、腹を減らして仕事探しにうろついていたところでしたからな」

「おぬし、なにが言いたいのだ」

天童が訊いた。

「いえ、ただ羨ましく思っただけでございます」

「今津屋を取り込んで、おれたちのことを嗅ぎ回っておるのか」

「嗅ぎ回られるようなことをしておられるのか」

黒岩が刀を引きつけた。

「いえいえ、なにしろそれがしとご両者はお仲間、今津屋どのに雇われた用心棒にございますからな。そのことをお忘れになっては困ります」

「若造、そのうち泣きっ面をかくことになるぞ」

「同士討ちはよしましょう」

磐音は包平を腕に抱えるようにして瞑目した。

殺気が磐音の五体をぴしぴしと打った。が、それは徐々に鎮まっていった。


竹村武左衛門は品川柳次郎の行為を忌ま忌ましく考えていた。

刻限は七つ半（午前五時）の頃合、今津屋の通用口から黒岩十三郎と天童赤司の二人が現われるのを浅草御門の陰から見ていた。

昨日、長屋に戻ってみると、女房の勢津と子供たちが嬉々として夕餉の仕度をしていた。なんと、竈にかけた釜から御飯を炊く匂いが漂ってきた。

「今日は菜っ葉雑炊ではないのか」

「おや、おまえ様、雑炊がお好きでしたか」

「馬鹿をぬかせ。好きで芋雑炊や菜っ葉雑炊を食う奴がいるか」

「父上、今日はご馳走にございます」

と叫ぶ長女の早苗は長屋の前で秋刀魚を七輪で焼いていた。

「ただ今、戻りました」

なんと次女の秋世は徳利を抱えていた。

「酒を贖ってきたのか」

「たんとはございませぬ。二合ほど買い求めました、それで我慢してくだされ」

勢津が言った。

武左衛門の口の端からよだれが垂れそうになった。

「夢ではないのか」

「なんと情けない。二合の酒や白い御飯で夢などと」

「勢津、一体全体どうしたのじゃ」

「そのような詮索はよしになされ。酒がまずくなりまする」

夕餉の膳は久し振りに家族が和気あいあいと談笑しながら終えた。

武左衛門は二合の酒に陶然として、後片付けを終えた勢津に訊いた。

「手妻の種があれば教えてくれ」

勢津がほほほっと笑った。

「品川様がお見えになりました」

と早苗が言い出した。

「柳次郎が。なに用でうちに参った」

「お金を届けに来られたのです」

「金、なんの金じゃ」

「おまえ様のお給金二両をご親切に届けに来られたのです」

勢津が早苗に代わって答えた。

「どこの給金か」

「さようなことは存じませぬ」

おおらかな性格の勢津はおおらかに言い放った。

「なんと、酒も飯も秋刀魚もおれの働きか」

「そのようです」

勢津は平然としたものだ。

「品川様も坂崎様からいただいて、驚かれたようです」

(となれば今津屋からだ……)

「柳次郎はおれの働きをおれに渡さず、そなたに渡したのだな」

「はい。助かりました」

「あの野郎、とっちめてやる」

「父上、とっちめるなんてよくありませぬ。品川様はご親切から母上に届けられたのですから」

早苗に言われて、武左衛門は黙り込んだ。

(二両あればたっぷり飲めたのに……)

巌念寺の見張りを交替した柳次郎は一言も言わなかった。

(あやつにはきっちり説教をしておかねばならぬな)

と竹村武左衛門が考えたとき、今津屋の潜り戸が開いて、黒岩十三郎と天童赤司が出てきた。

二人はいつにも増して不機嫌に見えた。

浅草御門から神田川に架かる浅草橋を渡った二人は、蔵前通りをひたひたと北に向かった。

中之御門と交差するところで左に折れて、寿松院を正面に見、新堀川の手前の道を辿っていく。いつものとおりだ。この数日、繰り返されてきた帰路だった。

西福寺の長い塀から浄念寺、東禅寺と寺が続いた。

薄闇と、堀からの朝靄が立ち込めて、先を行く二人の姿が薄れたり見えたりした。

竹村は、

(あの二人、寝る前にたっぷり酒を飲むのだろうな)

と二人の習わしを羨ましく思い浮かべた。

(あれ、どうしたことか)

ふいに二人の影が消えていた。

竹村は少し足を早めた。

すると、前後に殺気を感じた。

慌てて前後を振り向くと、前方に黒岩が、後方に天童がいた。

「おぬし、このところ、おれたちを付け回していたようだが、だれに頼まれた」

「付け回すなど、そのような……」

「市村道場を破門されたおぬしが、おかしなことよのう」

前後の二人が間合いを詰めてきた。

「誤解でござる。ご両者、勘違いでござるよ」

黒岩が走りざま、剣を抜いた。

竹村は柄に手をかけたまま、新堀川に向かって走った。

斬撃が来た。

背中に激痛を感じた。

もはやどうにもならない。死が頭にちらついたとき、竹村の耳に新堀川から櫓の音が響いてきた。

咄嗟に水面に飛んだ。

顔から水面に転落して、水に潜った。

「天童、止どめを！」

水中に黒岩の声が聞こえた。

竹村は必死で潜った。息の続くかぎり潜っていた。

薄れる意識に、

「荷船が来る、まずいぞ」

「あの手応えでは助かるまい」

「行くぞ」

竹村は途切れる意識の下でそんな会話を聞いたような気がした。


「起きてくだされ」

（幸吉にしては声が違う、夢か）

坂崎磐音は寝たばかりのところを起こされた。

目を開けると品川柳次郎が三和土に立っている。

「坂崎さん、竹村さんが斬られた」

「だれにじゃ」

「新堀川に浮いていたそうだ」

（しまった！　二人を刺激しすぎたか）

磐音は飛び起きると身支度をしながら訊いた。

「まさか死んではおらぬな、生きていような。怪我の程度はどうじゃ」

矢継ぎ早に訊いた。

「背中を一太刀斬られてかなりの重傷にございます。が、中之御門の外科医、厳原湖伯(いづはらこはく)先生の診療所に担ぎ込まれて、治療を受けている最中にございます」

「よし、案内(あない)してくれ」

二人は金兵衛長屋を飛び出すと、浅草蔵前に向かって走った。

深川六間堀町から浅草の中之御門まで二人は休みもせずに走り通した。

蘭方(らんぽう)が表看板の厳原湖伯は、浅草界隈では名の知れた名医だった。

患者も蔵前の札差(ふださし)から長屋の住民までと分け隔てなく診察し、門弟も多かった。

磐音が玄関先に飛び込んだとき、奥から背に赤子を背負った、いかにもおおらかそうな体つきの女が出てきた。だが、その顔色は青白く引きつっていた。

「勢津どの、竹村さんの手当ては終わったか」

品川が訊いた。

「はっ、はい。最前に終わりました」

ほつれ髪が勢津の慌てぶりを示していた。

背の赤子がむずかった。

「市造(いちぞう)、泣くでない」

勢津はねんねこの上からぽんぽんと幼な子の背を叩いた。

「どんな具合ですか」

「先生のお話では命に支障はあるまいとのことでございました」

「よかった」

品川柳次郎が正直に安堵の声を漏らした。

「妻女どの、坂崎磐音にございます」

勢津が磐音の顔を見ると、

「昨日のご好意ありがとうございました」

と礼を述べた。

「今度の一件、それがしにも責任がございます。お詫びするのはこの坂崎磐音の方です」

勢津が曖昧に頷いた。

「竹村はなんぞ仕事をしていたのでしょうか。普段から外のことはなに一つ話さない人でしたから」

「それがしがお願いして、両替屋の今津屋どのの仕事を務めていたのです」

「そうでしたか」

「竹村さんのご容体はいかがですか。われらが面会できますか」

柳次郎が訊いた。

「先ほどまで手術の痛みに呻吟していましたが、ようやく眠りに落ちました」

そんなところへ、いかにも大仕事を終えたという顔の初老の医師が顔を出した。

「ありがとうございました」

「湖伯先生、ご苦労さまでした」

勢津と柳次郎が頭を下げた。

「もう半歩、相手の踏み込みが深ければ命はなかったな」

湖伯が手で斬る真似をしながら応えた。

「それがし、竹村どのの朋輩にございます。お医師どの、竹村どののはどのような状態でこちらに運ばれたのでございましょうか」

磐音が訊いた。

「運んできたのは、阿部川町の畳問屋の荷を運んでいた船頭たちでな。なんでも靄の中、舳先にゆらりと浮かび上がってきたらしい。最初は死体かと思ったそうだが、血が流れ出て広がっているようなので船に引き上げ、すぐにうちに運んできたというわけだ」

「竹村どのは斬った相手のことをなにか申しましたか」

「黒岩とかなんとか繰り返し叫んでいたがな」

間違いなく襲撃者は黒岩十三郎と天童赤司だ。

「相分かりました。竹村どのが完治するまでどれほど時間がかかりましょうか」

「体力はありそうじゃからな、体を動かせるまでに十数日。働けるまでにひと月からひと月半といったところかな」

かたわらの勢津が思わず溜め息をついた。

「まあ、今はそっと寝かしておいてやることが一番だ」

湖伯はそう言い残すと奥へ入っていった。

「妻女どの、竹村どのの治療費、暮らしの費用が心配でござろうな」

「恥ずかしながら蓄えとてありません」

「そのことご心配めさるな。なんとしても今津屋どのにお願いしてみましょう」

磐音は柳次郎に、

「夕刻、今津屋で会いたい。今しばらく妻女どのに付き添って、竹村さんの様子を見ていてくれぬか」

と言い残すと、厳原湖伯の診療所の門を出た。

磐音が訪ねた先は、黒岩十三郎と天童赤司が住まいする巌念寺の離れだ。

庭先を回った磐音は、寺房から飛び石で繋がった離れの戸を開けた。

暗い部屋から酒と汗の臭いが鼾と一緒になって押し寄せてきた。

磐音は二間続きの部屋を囲む廊下に立った。すると鼾がぴたりと止まった。さすがに剣の遣い手、酔って寝ていても油断はなかった。

「何者か」

天童赤司の声がした。

「坂崎磐音にござる」

「なにっ！」

枕元の刀を掴む気配がした。

「本日、寝込みを訪ねたは争いのためではない。そなたらに今津屋の用心棒の解雇を通告いたしに参っただけだ」

「そなたもわれら同様の用心棒ではないか。それが解雇だと」

「天童どの、竹村武左衛門を斬ったはそなたか。それとも黒岩どのか」

障子の向こうが沈黙した。

「竹村は生きておる」

小さな舌打ちが洩れた。

「よいな。市村集五郎道場とそなたら、今後一切、今津屋への出入りを許さぬ」

「ほざけ！」

黒岩の声がした。

「もし参らば、それがしが立ち合いいたす」

「今ここでもよいぞ」

「竹村武左衛門の借りはいずれ返させていただく。そなたらも雇い主の伊勢屋と相談されるがよろしかろう」

磐音はするすると庭先に退いた。しばらく包平の柄に手をかけて待ち受けていたが、黒岩と天童が追ってくる様子はなかった。

築山を回って本堂前に出て、磐音は息をついた。

第四章　大川火炎船

一

銀杏(いちょう)の老木からはらはらと落葉が落ちていた。

柿紅葉(かきもみじ)が昼下がりの陽光を受けてあでやかに輝き、坂崎磐音の視線を眩(まぶ)しく射た。

磐音はふーっと一つ息をついた。

巌念寺の墓地で落ち葉を掃除する老爺(ろうや)の姿が墓石の間からちらちらと見えた。

本堂前に佇(たたず)んでいた磐音は山門に向かって歩き出した。

そのとき、墓石の間から男が現われた。

片手を懐(ふところ)に突っ込み、地面に視線を向けて、足早にすたすたと歩いてくる。墓地の裏手から境内（けいだい）に入ってきたようだ。

「毘沙門の統五郎」

磐音のかけた声にぎくりとして足を止めた。

「御仏の導きかな。そなたと巌念寺で顔を合わせるとはな」

顔を上げた統五郎が油断なく構えた。平然としたものだ。

「おれがどこを訪ねようと勝手じゃねえか」

「黒岩十三郎と天童赤司が住まいする寺となると、これまでの考えをちと変えずばなるまい。そなたらが今津屋に偽（にせ）の南鐐二朱銀（なんりょうにしゅぎん）を持って押しかけた狙（ねら）いが違ってくる」

「くそっ！」

統五郎が吐き捨てた。

磐音と統五郎はおよそ四間の間合いで向かい合っていた。

「おや、先日の侍さんかね」

掃除の老爺が統五郎の背後、墓石の間から顔を覗（のぞ）かせた。

毘沙門の統五郎の視線が後ろの老爺にいった。

振り向いた。

その瞬間、統五郎は気配もなく突っ込んできた。

背を丸めて、懐手を抜いた。

匕首か。

統五郎は磐音に財布を投げつけた。

磐音が顔を背けた。

統五郎の手が懐に再び入れられ、出されたときには抜き身の匕首が光っていた。

磐音に包平を抜き差しする余裕を与えない迅速果敢な急襲だった。

咄嗟に磐音は履いていた右足の草履を、突進してくる統五郎の顔に脱ぎ投げた。

統五郎は避けようともせず突っ込んできた。だが、飛来する草履に間合いが狂わされていた。

「死にやがれ！」

磐音の脇腹をこそいで走り抜けた。

が、すぐに反転した。

剽悍な動きには無駄がない。

刃物一本に身を託して修羅場を生き抜いてきた毘沙門の統五郎の生きざまを、匕首の動きが見せていた。

磐音も、統五郎が走り抜け、反転する間に身を回転させつつ腰を沈め、包平の柄に手をかけていた。

切り裂かれた袷がひらひらと靡いた。

脇腹に痛みが走った。

が、構う暇はない。

「てめえの命は貰った！」

弾みをつけた姿勢の統五郎がさらに身を低くして、突っ込んできた。

磐音は匕首の切っ先の襲来に目を止めつつ、包平を抜き上げた。

二尺七寸の大包平が弧を描いて、統五郎の躍動する太股から匕首を構えた右手を斬り上げた。

豪剣はさらに腹部から肩口を割った。

「げえっ！」

前屈みに突進してきた統五郎の体がなんとのけ反り、虚空に舞って転がった。

「ふうっ！」

荒い息を漏らした磐音は、すぐに注意を離れへと向けた。築山の向こうに視線を感じたのだ。が、黒岩十三郎と天童赤司が動く気配はなかった。

磐音は墓石の間に呆然と立つ老爺に注意を戻し、

「この者の始末は、伊勢屋につけてもらってくれ」

と言い残して山門に向かおうとした。すると裸足だと気づかされた。脱ぎ捨てた草履を探して履くと、そのかたわらに統五郎の二つ折りの革財布が落ちて、開いていた。そして、その間から結び文が端を覗かせていた。

磐音は結び文を手にすると、昼下がりの戦いの場から逃れ出た。

磐音が傷口を手拭いで押さえて今津屋の台所に入っていくと、おこんが、

「あら、こんな刻限に……」

と言った。が、いつもと雰囲気が違うことをすぐに察して、

「血が……」

と驚きの声を漏らし、

「坂崎さん、怪我をしてるのね」

と声を険しくした。

「浅手じゃ。心配ない」

手拭いを取ると真っ赤に染まっていた。

「た、大変！　道元先生を呼ぶわ」

台所から走り出ようとするおこんを磐音は呼び止め、

「医者など必要ござらぬ。焼酎があれば消毒いたす」

「傷を見せて！」

おこんは素早く立ち直って気丈な深川女に戻っていた。上がりかまちに腰を下ろした磐音の切り裂かれた衣服を開き、脇腹の傷を確かめた。

統五郎の匕首は長さ三寸深さが四分ばかり、磐音の脇腹を斬り裂いていた。

「おつねさん、お湯を頂戴な。それと、おきよどん、真新しいさらしと焼酎を持ってきて」

台所にいた女中たちにてきぱきと命じたおこんは、磐音に袷を肩脱ぎにさせた。

「どうなされた！」

騒ぎを聞きつけた老分(ろうぶん)の由蔵が姿を見せた。

「不覚でした」

磐音は斬られた経緯だけを由蔵に告げた。

「風雲急を告げて参りました」

そういう磐音の声音は、もはやいつものののんびりしたものに変わっていた。

「坂崎さん、ここに寝て」

おこんは磐音を台所に寝かせて、湯で血を洗い、焼酎で消毒すると、化膿止めの膏薬を塗りつけ、さらしできりきりと巻いてくれた。

「上手いものじゃな」

「深川の女はこれくらいのことはできるの」

治療を無事に終えたおこんは、いつものおこんに戻っていた。

身を起こして袖を入れようとした磐音におこんが、

「脱いで！ なにか別の着物を探すから」

と命じた。

「おこんさん、久七のものなら坂崎様に合うだろう」

由蔵も言い添えた。

「とにかく奥に通って着替えが先じゃ」

磐音は肩脱ぎのまま台所から奥へ通ることになった。

座敷には、吉右衛門と由蔵が顔を揃えていた。

磐音は番頭の一人、相場役の久七の着物を借り受けて着ていた。

そこへおこんがお茶を運んできた。

「坂崎様、一体全体、昼間からどうなされた」

吉右衛門が問う。

「お騒がせして申し訳ない」

おこんが座敷を出ていこうとした。すると由蔵が、

「お父っつぁんのこともある。おこんもここにいて、話を聞きなされ」

と磐音には理解のつかぬことを言って引き止めた。

「まず、本未明、竹村武左衛門が黒岩十三郎と天童赤司に待ち受けられて、斬られました。お店から巌念寺に戻る二人を尾行している最中のことです」

「なんと！」

由蔵が呻くように言った。

「怪我は、竹村さんの怪我はいかがです」

吉右衛門が急き込んで聞いた。

「機転を利かせて新堀川に飛び込んだので命は助かりました。が、重傷です」

浅草蔵前通り、中之御門の厳原湖伯先生の下に担ぎ込まれた経緯から治療までの諸々を語った。

「湖伯先生とうちとは昵懇の仲、すぐに人を走らせます」

吉右衛門が言った。

「坂崎様、竹村さんを、うちに来る用心棒が斬り捨てたのですな」

「そういうわけです」

「今宵も来るわけですか」

「それがし、巌念寺に参り、竹村に怪我を負わせたことを理由に用心棒はもはや不要と宣告して参りました」

「おお、さすがに坂崎様」

由蔵がほっとした声を上げた。

「その帰りに寺の境内で毘沙門の統五郎と遭遇したのです……」

「な、なんとおっしゃられた」

境内での戦いの模様を再び告げたあと、言い足した。

「今津屋どの、由蔵どの、毘沙門の統五郎らが偽南鐐を持ち込んだのは、こちらに黒岩十三郎と天童赤司を用心棒として引き入れるためです。最初からあの二人を入れろと言われてもお断りなされましょう」

「あの風体であの風貌です、断ります」

由蔵がきっぱりと言い切った。

「市村集五郎は、人柄のよい師範代の笹村彦七郎どのや竹村、品川の面々をまずこちらに入れ、あのような騒ぎを仕組んだあと、黒岩と天童に交替させる策を考えたのです」

「なんと、自分の門弟を犠牲にしてでも二人をうちに引き入れようとしたのか」

「番頭どの、それがし、そう見ましたが」

吉右衛門は頷き、訊いた。

「ならばあの二人をうちに常駐させた狙いはなんですかな」

「そこまではまだ分かりませぬ」

磐音は懐から結び文を出すと、

「毘沙門の財布に入っていたものです」

と吉右衛門に差し出し、

ようです」

「統五郎はたれぞの指示で黒岩と天童に繋ぎをつけにきて、それがしと遭遇した
「たれぞとは……」

と言いながら吉右衛門が結び文を開いた。

〈今宵にも今津屋吉右衛門を始末されよ　伊〉

「これはこれは……」

と言って吉右衛門が由蔵に渡した。

「なんと」

由蔵がおこんに見せた。

「旦那様を殺そうなどとは許せません」

おこんが憤慨し、由蔵が語を継いだ。

「旦那様を殺して今津屋を混乱させた上、その騒ぎに乗じて、買い集めた大量の南鐐二朱銀を兌換に持ち込む算段でしょうかな」

「となれば阿波屋どの、いよいよ本性を現わしてこられたか」

と吉右衛門が呟く。

「旦那様、それにしても坂崎様がうちにおられてようございましたな」

「いや、冷や汗ものでした」

「主どの、番頭どの、騒ぎはこれからです。こちらは竹村さんが倒れて、手勢はそれがしと品川柳次郎どのの二人しかおりませぬ」

「応援をどこぞに求めたいが、また市村道場のような輩では困る」

吉右衛門が危惧した。

「夕刻、こちらに品川どのを呼んでおります。信頼のおける朋輩に心当たりがあるやもしれませぬ」

「おお、そうしてくださるか」

「それについて……」

磐音は、竹村武左衛門の治療代と、当座の家族の暮らしの面倒を今津屋で見てくれまいかと吉右衛門に頼んだ。

「坂崎様、それは当然のことです。ただ今、番頭さんに湖伯先生のところに行ってもらいます」

「竹村さんの妻女、勢津どのもおられます」

「ご安心ください、早速に出向いてきます」

と由蔵も請け合った。

「旦那様の身をどうしたものでしょうかな」

と吉右衛門のことを老分が危惧した。

「まずは出歩かれぬことです」

「それでは商人は勤まりませぬ」

吉右衛門がきっぱり言い切った。

「どうしても外出なさらねばならぬときは、それがしが同道いたします」

ならば安心、と吉右衛門がにっこり笑った。

「おこんさん、おまえさんは旦那様とご一緒なさるときの坂崎様の外着を、見繕ってくれまいか」

由蔵はそう言い残して座敷を出ていった。

磐音が板の間で遅い昼食を摂ろうしていたとき、品川柳次郎が顔を出した。

番頭の由蔵と一緒に連れ立って、厳原湖伯のところから戻ってきたという。

「坂崎さん、怪我の具合はどうですか」

由蔵に聞いたか、柳次郎が心配した。

「大事はござらん」

もういつものおのんびりした磬音に戻っていた。

「毘沙門の統五郎を討ち果たしたそうですな。さすが坂崎さんだ」

「冷や汗をかきましたよ」

「まさかあやつらと黒岩、天童が繋がっていようとは考えもしませんでした」

「巌念寺で見かけたとき、すぐには理解できませんでした」

「師範代の笹村様とわれら、最初から犠牲になるべくして今津屋に差し向けられたそうですね。許せん」

「そのようにしか考えられぬ」

「市村先生を見損ったな。笹村さんと茂村の敵、なんとしても討たねば品川柳次郎の面目にかかわるぜ。気がすまねえや」

品川柳次郎は伝法な口調で息巻いた。

「竹村さんの容体はどうかな」

「一度目覚めて、妻女に痛みを訴えたようです。ですが、湖伯先生はあれだけの傷だ、痛みがあるのは当然と言っておられました」

「勢津どのは少しは落ち着かれたか」

「こちらの番頭さんが勢津どのに会われて、主が働けぬ間は一家が成り立つようにするから心配するなと、当座の金子を渡されておられましたよ。勢津どのも坂崎さんにくれぐれもよろしくと言い残されて、南割下水に戻っていきました」

長屋には小さな子供が待っているのだ。

「それは一安心……」

おこんが台所女中に命じて、品川の膳も用意してくれた。

「おお、これは馳走になる」

二人は共に箸を取りながら、さらに話し合った。

「品川さん、そなたの知り合いに剣術の腕が確かで信頼がおける人物はおらぬか」

「番頭さんにもそう訊かれたので、先ほどから心当たりを考えているんですが、差し当たって何人必要ですか」

「店でなにが起こってもすぐに対応できるように昼夜の警護がいる。二人ずつ詰めるとして四人はいるな」

「腕前のほどは」

「剣はそこそこに遣えればよい。それよりも、かような仕事は人柄がなにより第一です」

品川が頷き、言った。

「市村道場に出入りするようになる前、谷流という居合と剣の道場に、住み込み門弟をやっていたことがあります。水戸藩士、谷小左衛門様が創始された武術で、江戸の小石川藩邸近くに道場がありました。小左衛門様が亡くなられたあと、道場は閉鎖になり、門弟衆も散り散りになりました。小左衛門先生は礼儀作法に厳しい方でして、門弟衆も藩士、浪々の者と分けへだてなく、指導に当たられました。その折りの仲間なら、信頼がおけるかと思いますが」

「品川さんにお任せする。これから当たってくれませんか」

「承知しました。すぐに四人は無理かと思いますが、今晩の要員くらいなんとかします」

品川柳次郎は早々に食事を済ませて出かけていった。

その背を見送りながら、磐音はいい人物に巡り合ったなと考えていた。

付き合えば付き合うほど、江戸育ちの品川柳次郎は気さくで素直な人物である。ともかく江戸の藩邸の外には知り合いのない磐音には得がたい応援であった。

「坂崎様、これを」

台所に由蔵が顔を覗かせ、切餅（二十五両）を差し出した。

「なんですかな」

「なんにしても先立つものは金にございますよ」

「されば、品川どのがお店を守る用心棒を探しに行っておりますので、その者たちの手当てに回します」

「そちらは別口、私が応対して人物を見た上で日当は決めさせてもらいます。これは坂崎様の当座の金子、お好きなようにお使いください」

「ちと額が多うございますな」

「金はケチって使っては生きませぬ」

「それにしても過分だな」

押し問答を聞いていたおこんが笑い出し、

「うちのお父っつぁんがこちらに来て、参次さんちの一件を話していったのよ。坂崎さんは富岡八幡宮前の権造親分に借金を返すと約束なさったのでしょう」

「この金子であの者たちの借金を払ってもよいのですか」

「番頭さんはそのお気持ちです」

「ありがたい」

磐音の顔がようやく笑みで崩れた。

「坂崎様、先方の言いなりに、二十二両三分二朱なんて法外な金を払う要はございませんよ。そやつらの前で一度腕前を披露なさったとのこと、ならば、先方も無理は申しますまい。元金五両の利息なら一両から一両二分が相場です。まあ、そんなところでお話をおつけなされませ」

両替商の老分が忠告した。

「はっ、そういたそう」

切餅を押し頂いた磐音に由蔵が、

「今晩、旦那様が勘定奉行川合様のお屋敷を訪ねられます。坂崎様、同行してください」

と言った。

二

その夕刻、品川柳次郎が二人の若い武士を連れて今津屋に走り戻ってきた。

「谷流道場で同輩にございました多野村道太郎と安藤新八にございます」

二人とも二十二歳、御家人の次男と三男だという。

品川の友人というだけに、どこか人のよさそうな雰囲気が顔に滲んでいた。

「剣術の腕前はそれがしとちょぼちょぼにございますが、人柄だけは信頼してよいと思います」

今津屋の総番頭、老分の由蔵も面談し、

「品川様の朋輩ということで、信頼いたします」

と、用心棒として店に入れることを許した。

「坂崎さん、明日にはもう二人ほど手当てできると思います」

「それがしが戻って参るまで三人で店を守ってください」

磐音は品川柳次郎ら三人に今津屋の警護を頼むと吉右衛門に同行し、外出した。

旗本三千四百石、勘定奉行川合越前守久敬を訪問するためだ。

川合の屋敷は御城の北側、表猿楽町にあった。

控えの間で坂崎磐音と番頭の久七は、用向きが終わるのを一刻半(三時間)ほど待った。

四つ(午後十時)の時鐘が響いて間もなく、今津屋吉右衛門が玄関先に現われた。

見送りには金座方の日村綱道が姿を見せて、

「坂崎どの、ご苦労じゃが、今津屋の身辺くれぐれも頼むぞ」

と言葉をかけた。

「はっ、微力ながら」

玄関先に駕籠が入れられ、今津屋吉右衛門が疲れた顔で乗り込んだ。

「おお、そうじゃ」

と日村が、駕籠に従おうとした磐音に言った。

「先日、佐々木玲圓先生にお目にかかる機会があった」

磐音は日村を見返した。

「……………」

「そなたの居眠り剣法には佐々木先生も手を焼かれたそうな」

「先生は雲の上の人にございます」

「坂崎どの、苦労は若いうちに買ってでもせよと申す」

磐音は黙って頷いた。

門番が門を開いて、駕籠は表猿楽町の通りに出た。

先導は提灯持ちを務める番頭の久七だ。

両国西広小路の今津屋に戻るには、常陸土浦藩九万五千石の上屋敷前を駿河台に下り、大名屋敷を左に見つつ、筋違御門で神田川にぶつかれば、あとは川沿いの柳原土手を進んでいくだけだ。

しばらく進んだ駕籠の中から、

「駕籠屋さん、ちょいと止めてください」

と吉右衛門の声がした。

「旦那様、ご気分でも……」

と久七が主の体を心配した。

「いや、ちょっとな、坂崎様と夜の空気を吸いながら歩きたいだけです」

駕籠屋が揃えた草履を履いた吉右衛門は、

「久七、駕籠と一緒に少しあとから来なさい」

と命じた。

「ご心労、お察しいたします」

磐音が言うと、

「いやなに、これが私の務め……」

と笑った。が、吉右衛門は心なしか笑顔に力がなかった。

「坂崎様、いつぞやあなたは、阿波屋有楽斎の背後に控える幕閣のお方はたれかと訊かれましたな」

「いや、いくら両替屋行司どのの力が強くとも、今をときめく田沼様の改革に盾突くのは無謀すぎると、浅知恵を申し述べたまでにございます」

「おられます」

吉右衛門はいきなり肯定した。

「老中格から老中になられた田沼様より先任の老中、備後(びんご)福山藩十一万石、阿部(あべ)伊予守正右(いよのかみまさすけ)様にございます」

磐音はいきなり城中の機密に触れる暗闘に巻き込まれた自分を感じた。

「阿部様は、田沼様の南鐐二朱銀吹抜き(ふきぬ)(鋳造)に反対であったそうにございます。が、表立っての言動はございませせなんだ」

吉右衛門は一つ吐息をついた。

「つまびらかに申せば、小姓から昇進を重ねて大名となり、ついには幕府の要職、老中にまで昇りつめた田沼意次様への反感が、南鐐二朱銀発行を初めとする田沼様の政策に反対なされる理由の一つにございますよ」

「…………」

「第二には金、利欲にございます。金銀相場で儲けていた両替商六百店の大半が南鐐吹抜きには反対と申しましたな。それを取りまとめているのが阿波屋有楽斎、そして、その背後に阿部伊予守様……老中になられたばかりの田沼様の改革が成功するかどうか、南鐐二朱銀の流通にかかっております。先方も必死なら、こちらも余裕はございません」

「伊勢屋丹兵衛などは小者ですか」

「阿波屋に都合よく使われて捨てられるのが落ちにございますよ」

「だが、あとのない者はなにをしでかすか分かりませんぞ」

「さようさよう」

筋違御門にぶつかり、神田川の土手、通称柳原土手を東に下っていく。

この柳原土手、夜鷹が屋敷奉公の中間や若党の袖をひくところで、夜の一人歩きはぶっそうな場所だ。

「阿波屋の出は上方と申しましたな。どうやら備後福山の阿部様と阿波屋の本店とは、上方の金銀相場を通じて親密になられたようなので……」

吉右衛門は、そう言うと小さく息を吐き、

「坂崎様、お父上がどうなされておられるかご存じですか」

とふいに話題を変えた。

「父上とはだれのことで」

「豊後関前藩中老坂崎正睦様、あなた様のお父上のことでございますよ」

磐音は足を止めた。

「藩から佐々木先生のもとに調べが入ったのですね」

吉右衛門は頷いた。

「ご心配なく、お父上はお元気です。ですが、役職を退かれたそうにございます」

「それがしの暇乞いが因ですか」

それは予測したことであった。

「藩の重役方も引き止められたそうにございますが、お父上は潔く身を退かれた……」

吉右衛門から改めて聞かされると、磐音は父に済まぬ気持ちで一杯になった。

「佐々木先生からの伝言にございます。自らの信じるところを生きよ、と」

佐々木玲圓先生は豊後関前城下で起こった惨劇を知っていた。

そして、日村綱道も吉右衛門も、佐々木先生を通じてすでに承知しているということだろう。

「ありがたきお言葉にございます」

「心の痛みが薄れたら一度、神田三崎町を訪ねてくれとも申されたそうにございます」

磐音は瞼(まぶた)がうるんで涙がこぼれそうになったが堪(こら)えた。

「坂崎様、よき師を持たれましたな」

「はっ、はい」

二人はしばらく無言で歩いた。

「坂崎様が私どもと関わりを持たれたのも縁にございます。今、あることを突き進めば、あなた様の新たな道も開けましょう」

磐音は大きく頷いた。

和泉橋を過ぎて、左はむろん柳原土手、右は竜閑町の代地、一際(ひときわ)寂しいところに差しかかった。

磐音の気がぴーんと引き締まった。

「吉右衛門どの、駕籠に……」

と言うと久七を呼んだ。

提灯の明かりが走り寄ってきた。

「久七さん、旦那様をお頼み申しましたぞ」

「なにか異変が……」

若手の番頭、久七は体格もよければ機転も利いた。主の供に選ばれただけに動揺をみせることはなかった。

「どうやら先方から現われたようじゃ」

柳原土手の闇から黒い影が数人下りてきた。

影の一つに見覚えがあった。

「黒岩十三郎じゃな」

「昼間の借りを返さねば腹の虫が収まらぬわ」

「毘沙門の統五郎とそなたらが繋がっていようとは考えもしなかった。天網恢恢疎にして漏らさずですか」

磐音の声音はあくまでのんびりしたものだった。

「伊勢屋さんではないか。そなたは夜盗の真似をするほどに落ちぶれなさったか」

今津屋吉右衛門が柳の木の下に立つ人影に驚きの声をかけた。常夜燈のこぼれる明かりに浮かんだ相貌（そうぼう）は憎しみと狂気にまみれていた。

「ようも私の仕事を邪魔してくれましたな。先生方、今津屋を斬って、始末してくだされ」

伊勢屋丹兵衛が命じると三人の襲撃者たちが抜刀した。

だが、黒岩十三郎はまだ袖に両腕を入れたまま、痩（や）せた肩を怒らせて立っていた。

坂崎磐音は包平二尺七寸を抜くと、切っ先を下段、わずかに左前に置いた。

「おれが斬る！」

磐音を囲んだ三人のうち、中央の襲撃者が叫んだ。

だが、殺気は左右から押し寄せてきた。

長身の背を丸めた磐音は、襲来する二つの刃を寸余に躱（かわ）して掻い潜り、中央の者に襲いかかった。後詰（ごづ）めの襲撃者には予想もつかない大胆不敵な動きであった。

動揺が走った。

正眼（せいがん）の剣に動きを与えて、磐音を迎撃しようとした。

だが、磐音の攻撃は迅速果敢、大包平が、慌てて踏み込んだ相手の太股から下腹部を深々と斬り割っていた。

「げえっ！」

前のめりに倒れ込む相手のかたわらをすり抜けた磐音は、素早く反転すると残る二人に立ち向かった。

そのとき、二人目が身を翻して二撃目を送り込もうとした。

その足下に仲間が倒れ込んできた。

それが二人目の攻撃者に逡巡を与えた。

「伊東！」

黒岩十三郎が警告を発した。

磐音は虚空で反転させた包平の大帽子（きっさき）を伊東の首筋に落とした。

血飛沫（ちしぶき）が上がった。

二人目が倒れた。

「う、あああっ！」

恐怖の声を発したのは残った佐古田だ。

「佐古田、臆したか」

立ち竦（すく）んで身を震わす佐古田に黒岩が怒鳴った。

「無益な殺生はしたくはござらぬ。佐古田どの、この場を立ち去りたくば、ご随意になされ」

　と磐音が静かに話しかけた。

「はっ、はい」

　身を翻した佐古田は、竜閑町と飯倉町の代地の間の道に走り込んで消えた。

「臆病者めが」

　黒岩十三郎が左袖からようやく手を抜いた。が、利き腕はまだ袖の中にあった。

　磐音はゆっくりと弾む息を整え直した。

　黒岩は忠也派一刀流の遣い手と聞いていた。

　磐音には忠也派一刀流がどのような剣法か、知識はない。これまでの対面で、血に濡れた修羅場で培ってきた実戦剣法だと察しているだけだ。

「佐々木玲圓の教えがいかなるものか試してつかわす」

　黒岩十三郎が磐音の前に進み出た。

「黒岩先生、叩き斬ってくだされ！」

　土手の上から伊勢屋丹兵衛が狂気に憑かれた声を張り上げた。

黒岩は一顧だにせず、ずいっと歩を進めてきた。
間合いは二間を切った。
磐音は正眼に包平を構えると、居眠り剣法得意の待ちの姿勢に入った。
黒岩の右手はまだ袖の中だ。
その姿勢でゆるゆるとした時間が流れていく。
磐音は時の流れに身をゆだねて待つことなど何でもない。
黒岩十三郎も泰然として機を窺う。
四半刻(しはんとき)(三十分)が過ぎた頃、土手の上から伊勢屋丹兵衛が叫んだ。
「せ、先生、御用提灯がこっちに来ますぞ!」
黒岩が動いた。
気配もなく磐音に殺到してきた。
袖から右手を出すと、それが翻りざま、柄を掴み、抜き上げた。
磐音の大包平が黒岩の抜き上げた刃に擦り合わせると虚空に弾いた。
火花が散った。
黒岩は予測していたように磐音に身を寄せ、弾かれた剣を素早く引き寄せると
磐音の肩に落とした。

磐音は雪崩れくる剣の峰をはたき落とす。

さらに黒岩の剣が磐音の脇腹に、小手に、眉間に変幻して襲ってきた。

磐音は辛抱強く払い、合わせ、跳ね返した。

「江戸市中で斬り合いとは何事か！」

町奉行所の夜廻り同心が、十手持ち、小者を引き連れて叫びながら駆け寄ってくる。黒岩が攻撃の合間を縫って飛び下がった。

「坂崎、次の機会を待て！」

「黒岩十三郎、そなたに次などない！」

磐音は許さなかった。

間合いを磐音が詰めた。

「おのれ！」

戦いの機運をいったん自ら途切らせようとした黒岩十三郎は、再び剣に力を込めた。その場に静止したまま、突進してきた磐音の胴を抜こうとした。

磐音の大包平は虚空から黒岩十三郎の眉間に落とされた。

その場にあって剣を振るった者と、突進しつつ上段から豪剣を落とした剣士との勢いの差が雌雄を決した。

二尺七寸の包平が黒岩十三郎の眉間を断ち割って、血飛沫を上げさせた。

それでも二歩三歩とよろめき歩いた黒岩は、くるりと磐音を振り向き、老樹がねじれ倒れるように、

どさり!

と朽ち果てていった。

「ふーっ……」

今津屋吉右衛門が思わず息をついた。

「御用じゃ!　神妙にいたせ」

戦いがやんだ場へ町方同心たちが駆け込んできた。

「お役人様、私どもは両国西広小路の両替商今津屋の主と番頭にございます。勘定奉行川合様のお屋敷から戻る途中、突然この者たちが襲いかかってきたのでございます」

久七が声を張り上げた。

「おお、今津屋吉右衛門どのではないか」

顔見知りの、初老の南町奉行所定廻り同心立川勇士郎が応じた。御用聞きは柳原土手の一帯を縄張りにする千三親分だ。

「これは立川様……」

「怪我はないか」

「立川様、千三親分、それより土手上におられる伊勢屋丹兵衛さんの身柄を押さえてくだされ。どうやら今宵の首謀者のようでございますからな」

吉右衛門が土手上を指差した。

呆然と立ち竦んでいた伊勢屋が、

「わ、あああっ！」

と叫ぶと土手の闇に走り逃れようとした。

「それっ！」

と千三と手先たちがあとを追った。

闇の中で逃走劇が展開した。

ふいに水音が柳原土手に響いた。

「神田川に飛び込んだぞ！」

「明かりで照らせ！」

叫び声がこだまして響き合った。

磬音は懐紙で包平の血糊を拭うと、鞘に納めた。

「この者たちは」

立川が倒れ込んだ黒岩らを見ながら、吉右衛門に訊いた。

「このところ脅迫されておりましてな。その者たちにございましょう」

立川が頷き、磐音を見た。

「それで知り合いの坂崎磐音様に数日前より警護をお頼みしていたのです。いや、助かりました」

吉右衛門が正直な気持ちを告げた。

立川は小者に提灯を照らさせて、磐音が斬った三人の斬り口を調べた。

「今津屋さん、えらいお方と知り合いですな。私も数々の現場を見てきたが、これほどの遣い手には滅多にお目にかかれませんぞ」

と初老の同心が感嘆した。

「そりゃ、神田三崎町の佐々木玲圓先生ご自慢のお弟子さんです。剣の腕前もさることながら人物がよろしい。かような夜盗まがいの不逞浪人とは、ちがいます」

吉右衛門が答えたとき、御用聞きの千三親分が立川のところに走り戻ってきた。

「旦那、伊勢屋の奴、神田川に飛び込みましてね。泳ぎができなかったとみえて、水中にずぶずぶ沈んでいきましたぜ」

と告げた。

「千三、両替商の伊勢屋丹兵衛と身元が分かっておるのだ。舟を出して探せ」

立川に命じられた千三が土手に走り戻っていった。

「立川様、私どもは店に戻ってようございますか」

久七の言葉に立川はしばし沈黙した。

「もしなにかお訊きになりたいことがございましたら、いつでも店においでください」

「相分かった。明日にもお店に伺いますぞ」

と許しを与えた立川が磐音に言った。

「坂崎どの、そなたもお店で待っていてくだされよ」

「承知しました」

今津屋吉右衛門が駕籠に乗り込み、磐音が随行して、両国西広小路に下っていく。

「坂崎様は命の恩人にございます。いつの日か、あなた様には礼をさせてもらいます」

「警護のお代は十分にいただいております」

「欲のないことを……」

駕籠の中から笑い声が起こった。

三

かつて浅い中州だったところが埋め立てられて、深川に富岡八幡宮が創建されたのは寛永年間（一六二四〜四四）といわれる。

門前には江戸中から参詣に来る人々のために、石積みの立派な舟着場があった。さらに門前町には牡蠣、蛤という暖簾が靡く魚料理の店が軒を連ねて、参詣客たちで賑わっていた。

坂崎磐音は幸吉と参次の二人を連れて、富岡八幡宮の門前に立っていた。

磐音が初めて訪ねる場所だった。

「浪人さん、ここはさ、潮干狩りのときなんかすごい人出だぜ」

幸吉がめずらしそうに眺めている磐音に教えて、

「権造親分の家はあっちだぜ」

と門前町の向こう側を指差した。

今津屋一行が柳原土手で襲われた翌日の昼下がりのことだ。

前夜、帰宅した久七から報告を受けた老分番頭の由蔵は、

「いや、坂崎様に同行をお願いしてよかった」

とほっと安堵の表情を見せたものだ。そして、

「伊勢屋丹兵衛は自滅しましたか」

と店先でひとしきりその話題が続いた。

磐音は控えの間に待機する品川柳次郎に、黒岩十三郎らに待ち伏せされたことを告げた。

「黒岩をどうされましたか」

「竹村さんの敵です、黒岩十三郎は討ち果たしました」

磐音は逃走の様子を簡単に告げた。

「なんと坂崎さんは……」

目を丸くした柳次郎が磐音を恐ろしげに見た。

「品川さん、まだ天童が残っている。今晩、こちらを襲うということは万々あるまいが、警護怠りなく頼みます」

柳次郎が、心得たと応じ、新参の二人も緊張の面持ちで頷いた。少しでも体を休められるうちに休めておこうと思ったからだ。

磐音は柳次郎ら三人に後を託すと、金兵衛長屋に戻った。

朝一番に幸吉の長屋を訪ねて、金貸しの権造の家への道案内を頼むと、宮戸川に鰻割きの仕事に出かけた。

磐音は次第に鰻割きにも慣れてきて、手際がよくなった。

鉄五郎親方は、

「坂崎さん、割き三年というがねえ、おめえさんはわずかの間に覚えられましたよ」

と褒めてくれるほどだ。ついでに、

「松、おめえは何年になる、ちったあ、坂崎さんを見習え」

とどやされた。

一刻（二時間）ほどかかっていたものが、鉄五郎、松吉、次平、磐音の四人で半刻（一時間）足らずで済むようになった。磐音が一人増えたこともあるが、新参者の出現に松吉が対抗心を燃やして頑張るからはかどっていた。

「この分なら、そのうち三人に任せられるようになりますな」

鉄五郎もそう言ったほどだ。

磐音がいつものように宮戸川の台所で朝餉を賄ってもらっていると、幸吉と参次が連れ立って顔を出した。

三人は小名木川、仙台堀など深川一帯に張り巡らされた運河に架かる橋をいくつも渡って、深川の南の端にある富岡八幡宮に辿りついたところだった。

幸吉は宮戸川が休みのときは、門前町の川魚料理屋に鰻を下ろしにくるとかで、町内をよく知っていた。

「浪人さん、ほんとにうちの借金を払ってくれるのかい」

磐音が初めての町の様子を飽きずに眺めて歩いていると参次が聞いた。

「おお、思わぬお金が入ったでな。ちゃんとかたを付ける」

「ありがてえ。姉ちゃんは女郎屋に売られずに済むんだね」

「心配いたすな」

「幸吉兄ちゃん、おれん家はよ、浪人さんに借りができたぜ。どうして借りを返せばいいかな」

参次は幸吉のほうに顔を向けた。

「参公、せっせと鰻を捕ってよ、稼ぎな」

「鰻を何匹捕まえりゃ、借りが返せるかな」

「そうだな、宮戸川でよ、おれっちが買ってもらう値が一匹十文から十二文だ。一両は四千文だからよ、少なくとも二千五、六百匹は捕らなきゃならねえ勘定だな」

　幸吉がさっと計算をしてみせた。

「そりゃ、深川の堀を総ざらいしても無理だな」

　幸吉と参次がそんなことを話しているうちに、
　富岡八幡宮門前　権造一家
　と障子戸に書かれた、やくざと金貸しを兼業する権造一家の前に来ていた。

　家の前には打ち水が撒（ま）かれて、障子戸が開かれている。

「おまえたちはここで待ってろ」

　磐音は幸吉と参次を戸口で待たせた。

「ごめん」

　磐音が声をかけて敷居を跨（また）ぐと、板の間の帳場格子の中にいた男が、

「あっ！」

　という声を上げた。

代貸の五郎造だ。

五郎造も先日、参次の長屋で磐音に痛い目にあった一人だった。

「親分はおられるか。約束どおり金を払いに来た」

五郎造が目を丸くして磐音を窺った。

「そなた、耳が遠いか」

五郎造が奥へすっ飛んで消えた。

磐音はゆったりと上がりかまちに腰を下ろした。すると幸吉と参次が戸口にしやがんで、中の様子を窺うのと目が合った。

「待ってろ、すぐに済むでな」

磐音の言葉に二人が頷く。

「なんだと！　五郎造、てめえは昼間から夢を見やがったか」

怒鳴り声とともに、派手などてらを引っ掛けた権造が磐音の待つ玄関先に顔を見せた。

子分たちも長脇差を手に、どどどっと飛び出してきた。

「親分、お元気か」

「あっ、あんときの野郎だ」

「わざわざ金を返しに来た者にその言葉はあるまい」

権造が磐音のかたわらにどっかと腰を下ろし、

「おめえ、冗談を言ってるんじゃあるめえな」

と疑(うたぐ)り深そうな眼で睨んだ。

「金貸し稼業など続けていると、さようにも人が信用ならなくなるものか」

「ほんとに金は持ってきたんだな」

磐音は懐をぽんぽんと叩いた。

「五郎造、証文を持ってこい！」

権造が怒鳴り、五郎造が帳場格子に飛んでいった。

「へえ、これに」

証文を手にした権造が磐音に言った。

「二十二両三分二朱だ」

「親分、ものは相談だ。少しばかりまけてはもらえぬか」

権造がやっぱりといった顔で磐音を窺うと、

「おめえのほうから足を伸ばしてくれたんだ。三分二朱はなんとかしようじゃねえか」

「キリが悪いな、親分」

磐音は懐に手を入れて包みを出すと権造の前に置いた。

「おまえさんが参次の家に貸した金は五両であったな。利息を一両つけよう、それで手を打て」

「なんだと！ てめえは」

怒鳴る権造の眼前で、磐音が手元に置いた大包平二尺七寸をぐいっと引きつけた。

「親分、六両に備前包平をつけようか」

磐音が身を乗り出して、権造を睨んだ。

「子分衆で包平がほしいものは名乗りを上げよ。斬れ味はすこぶるよいぞ。そなたらの素っ首など先夜の大根と同じくらいにすっぱり斬れる」

先日、磐音の腕前は見せつけられていた。

だれもなにも答えない。

「どうする」

「に、二十三両に近い借金を六両たあ、法外だ」

「それがおまえさんの商いだ」

「今日のそれがしは包平を抜きたくてしようがない」

包平を手に磐音が立ち上がった。

「権造、返答をせい！」

いきなり大音声が響き渡った。

三年、猛稽古で鳴る佐々木玲圓道場で鍛えられた声だ。

ぴりぴりと障子戸が震えた。

権造も後ろにのけ反り、

「も、持っていけ」

と証文を投げ出した。

磐音は証文を丁寧に確かめると、

「権造親分、それがしの手がいるようなら、いつでも用心棒に参るぞ」

とにっこりと笑いかけ、さっさと敷居を跨いで通りに出た。

「だ、だれか、塩を撒け！」

権造の叫び声が通りまで聞こえてきた。

「やった！」

「ぬかせ」

幸吉が歓声を上げた。

富岡八幡宮の鳥居の前に戻った磐音は証文を参次に渡すと命じた。

「証文をおっ母さんに見せて、そのあと、竈で燃やすのじゃ」

「おれっちはこれで借金はないんだね」

「ああ、ない」

「浪人さん、ありがとう」

「幸吉、参次、気をつけて帰れよ」

磐音は二人とそこで別れると舟着場に向かった。

「浅草御蔵前まで乗せてくれぬか」

客待ちする猪牙舟の老船頭に声をかけた。

「へえ、ようがす、お役人様」

船頭は磐音を御蔵役人と勘違いしたようだった。

猪牙は船頭の巧みな櫓さばきで大川河口の越中島へと向かう。

再び江戸に出てきて初めての贅沢だった。

「今日は日和がようがすね」

「ああ、気持ちがよいな」

今津屋から預かった二十五両のうち、残り十九両が懐にあった。

なんとも心が豊かだ。

磐音はいつも渡る両国橋を水上から眺めてみたくて猪牙船に乗ったのだ。

「こっちに来るとほっとしますね」

老船頭は春先の大火の跡が残る江戸市中のことを思ったか、そう言った。

「そなたの家は被害に遭わなかったか」

「長屋は八丁堀のそばなんだが、運よく風上でね、助かりました」

「それはよかった。それがしはあの夜、お屋敷の防火に努めておったが、火が入ったと思ったら、あっという間に焼け落ちてしまった」

「大名屋敷だろうとなんだろうと、あっけないものでしたねえ」

江戸を襲った悪夢はわずか八か月前のことであった。

その当時の磐音には藩改革の志があった。そして、国元に戻った夜に真の悪夢が磐音を襲おうとは……。激変した数か月が走馬灯のように脳裏に浮かんだ。

父上はお役を辞任なされたそうだが、坂崎の家はどうなるのか。妹の伊代に婿(むこ)を取ってうまく家名を繋ぐことができればよいが……。

奈緒の顔が浮かんだ。

（どうしておるか）

磐音は三年半前に別れたときの奈緒の顔を切なく思い浮かべた。が、泣き顔しか思い出せなかった。

猪牙は大川に出て、大きく揺れた。

老船頭はもはや話をするどころではない。風に逆らって櫓を漕いだ。

永代橋から新大橋、そして、いつも磐音が通う、長さ九十六間の両国橋が美しい姿を見せてきた。

水上から眺める橋は大勢の人が行き来して風情があった。

両国橋を潜れば御米蔵はすぐそこだ。

「どこへ着けますね」

「御米蔵の裏手、中之御門に着けてくれぬか」

「へい、承知」

猪牙は大川から御米蔵の周辺に張り巡らされた八番堀の南から運河に入り、蔵地の間を抜けて、中之御門に着いた。

「楽しい見物であった」

舟賃になにがしかの酒手を加えて渡した。

「お気をつけて」

老船頭の声に送られて舟を降りた磐音が訪ねた先は、厳原湖伯の診療所だ。

病間には勢津がいて、竹村に水を飲ませていた。

「おお、もう水を飲んでもよいのか」

「幸いなことに内臓には傷が達していないそうなのです」

勢津が言い、竹村が、

「迷惑をかけました」

と力のない声で謝った。

「あの二人から逃れられたのは奇跡ですよ」

「つい物思いに耽(ふけ)って気を散らしておった」

「黒岩十三郎は昨夜討ち果たしました。残る天童赤司も必ず」

竹村武左衛門が驚きの目を磐音に向け、

「そなたは……」

と言って絶句した。

「竹村さん、ゆっくり養生なさるがよい」

「すまぬ。何の役にも立たず、今津屋には治療代ばかりか、一家の暮らしまで面倒を見てもろうて」

「そのようなことは考えぬことです」

　また見舞いに来ますと言い残して玄関に出た。すると勢津が磐音のあとを追って見送りに来た。

「ほんとうに今津屋さんの世話になってよろしいのでしょうか」

「むろんです。今津屋さんの金で暮らしが立ちますか」

「武左衛門が働いていたときよりもずっと楽ができます」

「ならばよい。竹村どのは元伊勢・津藩の藤堂様のご家臣だったそうですね」

　勢津が恥ずかしそうに顔をしかめた。

「武左衛門の何代も前の先祖が藤堂様の足軽(あしがる)をしていたとかしていなかったとか、その程度の縁にございます。武左衛門は津がどこにあるやも知りませぬ」

「そうでしたか」

「坂崎様は浪人になられて間もないご様子、永の浪人暮らしを続けておりますと、武左衛門のように時に嘘(うそ)にでもすがっていたい気持ちになるのでございます」

　思わぬ吐露に、磐音はただ勢津の顔を見返した。

「坂崎様、浪人など決して長く続けてはなりませぬ」

勢津はそう忠告すると夫のところに戻っていった。


磐音が今津屋の前に来たとき、南町奉行所定廻り同心の立川勇士郎が由蔵に見送られて表に出てきたところだった。小者は店の前で待たされていた。

「立川様、遅くなりました」

「およそのところは、番頭さんから聞きました。どうやらわれら町方では口出しできぬ話のようだ」

あまり立ち入りたくない様子を見せた。それに今津屋からそれなりのお目こぼし料が立川の懐に入ったということであろう。

「伊勢屋の主は見つかりましたか」

「ああ、あれは明け方、あの橋下で見つけた」

伊勢屋丹兵衛の水死体はなんと両国西広小路の浅草橋下で見つかったという。

「今、伊勢屋の奉公人らを取り調べておる最中だ。主に命じられて、市中に出回ったばかりの南鐐二朱銀を賭場や市場で買い集めた、その使い道は知らぬというばかりだ。もはや、伊勢屋は両替屋の体(てい)をなしていないな。あとは番頭から聞いてくれ……」

老練な立川が小者を連れて、町廻りに戻っていった。

磐音は店の前で朝からの行動を報告した。

そのほうがだれにも聞かれる心配がなかった。

「六両で話をつけられましたか。上出来上出来」

両替屋の老分が褒めてくれた。

「竹村さんの内儀がひどく感謝しておりましたよ。それがしからもお礼を申し上げます」

磐音が頭を下げた。

「なんのなんの……」

「本日、今津屋どのはどこぞに出かけられますか」

「夕刻には伊勢屋の通夜に行かれます。私も同行いたしますが、おそらく、通夜よりも伊勢屋の株をだれが譲りうけるか、そちらのほうが話し合われると思います」

由蔵は伊勢屋が潰れたと言った。

「伊勢屋が集めた南鐐はいかほどです」

「それが意外と多い。伊勢屋の番頭は四千両分ほど買い集めたと立川様に証言したそうで」

江戸市中に金座から無利子で貸し出された南鐐は一万両であった。伊勢屋の手先たちは十枚の南鐐を一両で買い取ったというから、四万枚の南鐐を集めたことになる。もし今津屋に持ち込まれれば、五千両で兌換せねばならなかった。

伊勢屋の背後で糸を引く阿波屋らは差し引き一千両を儲けることになる。

なにより田沼の新貨幣政策、金銀相場の統一を目的に発行された南鐐二朱銀が機能しないという恥を満天下にさらすことになるのだ。

「伊勢屋の通夜には阿波屋有楽斎様もお見えになりますな」

「むろんにございます」

伊勢屋の通夜の席で南鐐二朱銀流通推進派の頭目今津屋吉右衛門と、南鐐二朱銀発行反対派の巨魁阿波屋有楽斎が相見(あいまみ)えることになるのだ。

「夕刻まで、ゆっくり休んでおいでなされませ。坂崎様と私は通夜の席でぴたりと旦那様のかたわらに従って、お守りせねばなりませんからな」

承知した磐音が控えの四畳間に行くと、品川柳次郎が夜具をかけて寝ていた。

「ああ、坂崎さん」

「休んでいてください」

「今、何刻ですか」

「九つ半（午後一時）時分かな」

「どうりで腹が空いた……」

伸びをして起き上がった柳次郎は、

「多野村と安藤が手分けして、残りの応援を探しに行っております。夕刻には仲間を連れてお店に来る手筈……」

と報告した。

「ちと様子が変わった。そなたに頼みがある……」

磐音は預かり金から十両を柳次郎に渡し、何事か命じた。

「船はよいとして、人数を何人集められるかな」

と呟いた柳次郎は、

「坂崎さん、承知しました。ところでこの仕事、いつまで続くのですか」

「さてな」

「少しでも長く続くと助かります」

と正直な考えを漏らした。

「お二人さん、お昼御飯です」

と、おこんと女中が膳を運んできた。

「ねっ、こんな上げ膳据え膳なんて滅多にありませんよ。その上、おこんさんのような美人が給仕です」

品川柳次郎が嬉しそうに磐音に笑いかけた。

四

本両替町の伊勢屋丹兵衛の通夜は、浅草今戸の妙高寺で催された。

店から遠く離れ、檀家寺でもない通夜は、伊勢屋の行状を考えてのことのようだった。

通夜の客を迎える家族や奉公人の呆然自失した表情とは別に、江戸の六百株の両替商の主だった者たちが顔を揃えて、奇妙な緊迫感に包まれていた。

客の中の月行司たちは本堂に安置された丹兵衛の棺に別れを告げると、妙高寺の寺房に集まった。

その宵、坂崎磐音はおこんから店の奉公人の格好に髪も衣服も改められて、主の今津屋吉右衛門の供をした。同行したのは老分の由蔵と磐音の二人だけだ。

両替商の主たちは大広間に、供の番頭たちは続きの間に控えた。

由蔵と磐音は吉右衛門の姿が見える場所に座った。

「由蔵さん、伊勢屋は役人に追われて神田川に嵌まったそうですな。今津屋さんもえらい災難でしたな」

と近江屋の番頭が聞いてきた。

「主に怪我がなくてなによりでした」

由蔵は当たり障りのない返事をした。

「伊勢屋はならず者の浪人を雇って今津屋さんを襲わせたそうやが、ほんとの話で」

備前屋の番頭が由蔵の顔を窺い、小声で訊いた。

「私もその場にいたわけではないのでなんともいえません。が、吉右衛門に同行した番頭の話を聞くと、伊勢屋さんの表情はもう尋常やなかったそうで……」

「相場でしくじってえらい借財があると聞いたが、それで狂ったのでしょうな」

最初に口火を切った近江屋の番頭がさらに話を進めた。

「なんでも伊勢屋さんはそれを一気に取り戻そうと、南鐐買いに走っていたそうではないですか」

備前屋の番頭が応じた。

「それですがな、おかしいのは。幕府が発行した南鐐二朱銀を一両十枚で買うにしてもそれなりの資金が要りましょう。借金まみれの伊勢屋のどこに金があったというのです」

「そこです、そこです。伊勢屋の老分の助蔵さんは、もはや伊勢屋には買い集めた南鐐など一枚もないと繰り返されるばかりでな」

「やっぱり暖簾は下ろすしかありませんかな」

「当たり前ですわ。仲間の今津屋さんを襲って、自ら神田川に落ちたということですからな」

「それに借金だらけで商いがまともにできんとあっては、分銅の看板はどこぞに譲るしかありますまい」

「そこです、どなたが伊勢屋の株を買い取られるので」

座に緊張の空気が走った。

「両替屋行司の有楽斎様がお見えになられた」

備前屋の番頭が囁いて、口を閉ざした。

磐音は初めて、江戸六百株を牛耳るという両替屋行司の阿波屋有楽斎の風貌に触れた。幽鬼のように痩せた長身を前屈みにしてそろそろと歩く老人の顔には大きなあばたがあった。それに丸い両眼は油断のならない光を帯びて、鼻と口が突き出たさまはどこか烏を思わせた。

「これは両替屋行司様、ご苦労にございます」

「阿波屋様、お元気でなによりにございます」

阿波屋派の月行司たちがさっと有楽斎の周りを取り囲んで、口々に挨拶した。

南鐐二朱銀の流通に反対して、相場を下落させようと密かに企む面々であった。

田沼意次の意向を尊重して南鐐の発行と流通を推進してきた今津屋吉右衛門のそばには、西両国組と呼ばれる越後屋佐左衛門と備前屋作五郎の二人しか残らなかった。

部屋は完全に二分され、主流派は阿波屋であることを如実に示していた。

「阿波屋様、お久し振りにございます」

吉右衛門が笑みを浮かべて挨拶した。

「今津屋はん、災難でしたな。怪我はおまへなんだか」

阿波屋有楽斎の声はひび割れしたような小声で上方訛りがあった。

「このとおり元気にございます」

「不幸中の幸いでしたな」

「両替屋行司様、この度の騒ぎ、南鐐二朱銀の発行がからんでいるという話ですが、さようにございますか」

阿波屋のかたわらから能登屋正三郎が阿波屋を窺った。

「わては存じまへんけど、さような噂がおますのか」

「長い習慣の金銀相場を一気に崩そうと、お上が強引に出された南鐐二朱銀流通には無理がございますからな。伊勢屋さんが狂われたのも仕方がないことで」

「能登屋さん、あんたの話の具合ですと、今津屋さんを襲わせた伊勢屋さんが正しいように聞こえますけど」

越後屋佐左衛門が阿波屋に遠慮しながらも反問した。

「越後屋さん、私は伊勢屋の行動にも一理あるといっているだけですわ」

「そうそう、この度の南鐐二朱銀吹抜き（鋳造）は、私ら両替屋の浮沈に関わる問題です。第二第三の伊勢屋丹兵衛が出てきても仕方ございません」

阿波屋派の一人が能登屋に荷担して言った。

「上方では南鐐がえらく相場を下げているという話ではありませんか」

能登屋が話を進めた。

「となると早晩、江戸にも跳ね返ってきましょうな」

「そのとき、南鐐八片を以て一両と兌換候とわざわざ刻まれたお上の面子はどうなりますのかな」

「そりゃ、貨幣の表に刻まれたことです。兌換せんことにはえらい騒ぎになりますぞ」

「悪いが、うちは南鐐二朱銀はよう扱いません」

「うちもです。そんなことしたら、首を吊ることになりますがな」

「今津屋さん」

と呼び掛けたのは能登屋だ。

「おたくでは南鐐二朱銀八枚一両兌換を広言なされているそうですな。ほんとのことですか」

「広言などという口はばったいことはしておりませぬ。ですが、われらがお上から許しを得て、両替の分銅看板を上げる以上、お客様のご要望に応えるのは当然の務めと心得ております」

「阿波屋有楽斎様、お聞きなされましたか。さすがは今津屋さん、太っ腹ですな。お上をお一人で支えられる気です」

「今津屋はん、この度の南鐐二朱銀は烏を鷺と強弁なされる馬鹿げた御策ではおまへんか」

あばた面を上目遣いにした有楽斎がか細い声で大胆なことを口にした。

一座が息を呑んだ。

「南鐐一片に含まれた純銀は二匁七分五厘だす。八片で一両と交換になれば、通用銀に換算いたせば五十五匁に当たります。されど、金銀相場はこの数十年、一両七十匁前後を上下しておるのはだれもが承知のことや。お上が五十五匁の通用銀で一両と等価と申されるは、これ烏を鷺と、銀を金と言いくるめられるに等しい悪鋳や」

「さようさよう」

能登屋が有楽斎の考えに呼応した。

「南鐐二朱銀はせいぜい十片一両が相場や。うちではな、南鐐はまだ下落すると踏んでおりますのや」

「阿波屋様にお尋ねいたします」

隣の控え座敷から声がかかった。

番頭の風体をした磬音だ。

「阿波屋様では南鐐二朱銀は相場次第に売り買いなされますか」

阿波屋有楽斎がじろりと見ると、

「あんたはんがだれか知らんが答えましょう。うちは今津屋はんほど大胆やおまへん。南鐐が十一枚に下がれば十一枚で、十三枚に下がれば十三枚で売り換えします。それが商いだす」

と幕府の政策に盾突くことを宣言した。そして、磬音から視線を外して、

「能登屋はん、そろそろ今晩の本題に入りまひょう」

とこの話題に蓋をした。

「伊勢屋の株は今宵限りでな、両替屋行司の手に戻りました」

「これまで何人か株を得たいと申し出られていたお方がございましたな」

今津屋が訊いた。

「両替商になりたいと待っておられるのは七人のはず」

越後屋が問う。

「さようだす」

阿波屋有楽斎は応え、ぺちゃぺちゃと舌を嘗めた。

「これまでの習わしですと一番先に申し込まれたお方の審査を月番行司が行い、承認されれば積み金をしていただいて、新株を譲り渡す手続きになりますな」

　磐音の耳元に由蔵が囁いた。

「新株の申し込みを何年も待っておられるのは、越後屋で老分を長いこと務めてこられた加三さんです」

　つまりは今津屋派が新規株取得の一番目にいた。

「越後屋はん、こんどの新株許しな、ちと両替屋行司のわてに考えがおます。当分、わての手元預かりにしておこうと思いますんや」

「前例がないことですな、それに月番行司の役目が果たせませぬ」

「なあに一時のことだす」

　阿波屋有楽斎が越後屋をじろりと烏の目で睨んだ。

　越後屋がごくりと唾を飲み込んだ。

「よろしおすな、今津屋はん」

「阿波屋さん、当分とはどれほどの期間にございますか」

「南鐐相場が落ち着くまでや。両替のいろはも知らん素人では、この混乱に太刀打ちできまへんよってな。もっとも八片一両は無理やと思うけど……」

阿波屋有楽斎がけたけたと笑った。

「うちの加三は老分を長年務めてきた男、素人ではありません」

「越後屋はん、考え違いせんとくれやす。わては、だれがどうのこうのというとるんとは違います」

有楽斎の声が苛立(いらだ)った。

「両替屋行司様、一つ、お願いしておきたいことがございます。伊勢屋さんの株をどなたであれ、譲られる場合、これまでどおりに月番行司の審議をはかって決めて下さいますな」

鳥がにたりと笑った。

「今津屋はんのご意向は無視できまへんな」

浅草今戸町の河岸から、今津屋吉右衛門らを乗せた屋根船がゆらりと大川の流れに漕ぎ出た。

「旦那様、越後屋さんはがっかりなさっておられましたな」

由蔵は越後屋の老分の加三にすんなり新株が譲り渡されなかったことを口にした。

「伊勢屋の株が越後屋さんの老分では、阿波屋さんが抵抗なさるのは目に見えていたことです」

今津屋吉右衛門はなにか物思いに耽る顔で答えた。

「旦那様、なんぞご懸念が……」

「いや、能登屋があの場でわざわざ南鐐二朱銀の兌換を持ち出したことです」

由蔵が頷いた。

「うちに近々南鐐の大量兌換が持ち込まれると」

「覚悟しておいたほうがようございましょうな。番頭さん、うちはどこまで耐えられますかな」

闇相場は南鐐二朱銀十枚一両だった。

それを今津屋は八枚一両で交換する決心を固めていた。一両両替するごとに二朱の損を覚悟しなければならないのだ。

「五千両くらいまでは辛抱できます」

「伊勢屋が買い集めたのが四千両ほどでしたな。ほかに阿波屋も買い集めているものと考えねばなりません。当分はなんとしてもうちだけで持ち堪えねばなりますまいな」

「旦那様、うちで買い取った南鐐を市場に一両八枚、二枚の損を覚悟で戻しますと、敵方はまたそれを買い集めてうちに持ち込むことになります。両替屋行司はうちの金蔵が空になるまで繰り返す気ですよ」

「それが両替屋の仕事です」

「とおっしゃられても、今津屋が潰れては元も子もない」

「そこです」

主従はしばらく黙り込んだ。

「坂崎様、あそこで阿波屋に念を押されたのはなにか考えがあってのことですか」

吉右衛門が訊いた。

「さしでがましいとは思いましたが、阿波屋どのの考えをはっきりさせておくのもよいかと思いまして。なんぞ迷惑でしたか」

「いやいや、私ら仲間では、あのように阿波屋さんに念は押されませんでな」

吉右衛門が笑った。

「番頭さん！」

そのとき、船頭が尖った声を上げた。

「怪しげな船が二隻、追っかけてきますぜ」

磐音はすでに俄か番頭からいつもの衣服に戻っていた。

備前包平を手にした磐音は障子戸を開けて艫に出た。

一丁ばかりあとを松明を掲げた二挺櫓の猪牙舟が前後しながら、急接近していた。

「どうしましたな」

二隻とも浪人者が数人ずつ分乗していた。

先頭の舳先には天童赤司が見えた。

「船頭どの、どのあたりかな」

「そろそろ御厩河岸の渡しに差し掛かる頃で」

「岸に寄せてくれ」

「間に合いませんぜ」

船頭が不安の声を上げるのも無理はない。船足がまるで違った。

「時を稼ぐ。ともかく河岸に突っ込んでくれ」

「さてね、うまくいくか」

船頭がさらに櫓に力を込めた。

磐音は相手が飛道具を用意していないことを祈った。

船足も早く、小回りも利く猪牙舟二隻が相手で、その上、飛道具が加わったとなれば、抵抗のしようもない。

「竿を借りうける」

屋根の上に船頭の竿を見た磐音は舳先に回った。

艫で応戦したいが船頭が邪魔になって竿が使えない。なんとしても舳先に相手の注意を集めることだ。

磐音は屋根に横たえられていた竿の先端を脇差で斜めに切り落とした。これで八尺余の竹槍ができた。

それはまだ屋根の上に置いたまま、追跡の舟を振り向いた。

二隻の舟の前後が入れ替わって、天童が乗る猪牙舟が後方に回っていた。

先頭の追跡舟は二十数間と迫っている。

剣客風の浪人者とやくざ者が入り交じって、四人ほど乗っていた。すでに抜刀した者もいた。飛道具はないようだ。

「坂崎様」

由蔵が白髪頭を覗かせた。

「番頭どの、岸に着くまで吉右衛門どのと姿勢を低くしていてくだされ」

由蔵が頭を引っ込めた。

「なんぞ用ですか」

「今津屋吉右衛門の船と見た。大川が死出の旅路の一里塚じゃ」

艫に立ち上がった剣客が叫んだ。

「通夜帰りの舟を襲うとは罰当たりですよ。それがしが伊勢屋丹兵衛のあとを追わせましょうかな」

磐音はあくまでのんびりした声で応じた。

「ほざけ！」

猪牙舟は両側から屋根船をはさみ込む算段だ。

先頭の舟が一気に間合いを詰めて、並走してきた。

間合いは三間。が、さらに縮まった。

二間から一間半……。

大刀を両手に翳した舳先の剣客が、両足を開いて腰を沈めた。

舟戦に慣れた者のようだ。

腰がさらに沈んで屋根船に飛び移る気配を見せた。

その瞬間、竿を手にした磐音は横へと振った。

二隻の舟の間の虚空を飛躍しようとした剣客の鼻っぱしらを八尺余の竿が鋭く叩いて、水中にはたき落とした。

水煙が上がった。

磐音は竿を引きつけた。

後詰めの態勢で待っていた剣客が慌てて中腰に立ち上がった。

その腹部を竹槍の穂先が刺し貫き、猪牙舟を飛び越えた後方の水面に落とした。

「やりやがったな！」

やくざが長脇差を振り回した。

磐音の竹槍が三度突き出され、やくざが舟から姿を消した。

「間合いを開けよ！」

天童が命じた。

やくざ一人を残した猪牙舟が屋根船から離れていった。

磐音は天童が乗る舟に注意をはらった。

「用意の松明を投げよ、屋根船を炎上させるのじゃ！」

天童の非情の命令に松明が次々に舟の間を飛んだ。

磐音は竿ではたき落とそうとしたが、松明は次から次へと飛んできた。

屋根に転がった松明が燃え上がった。さらに障子を突き破って、吉右衛門と由蔵のいる船室に飛び込み、新たな火の手が上がった。

障子が燃え上がり、由蔵が羽織で消そうと奮闘した。

だが、主の吉右衛門はどっしりと落ち着いていた。

磐音も屋根に落ちた松明を拾うと水面に放り投げた。が、松明はさらに数を増して飛来してきた。

「旦那様、番頭さん、舳先に行ってくんな！」

艫の船頭が風上に移ってくれと悲鳴を上げた。

今や屋根船は火達磨(ひだるま)になろうとしていた。

「天童赤司、そなたも剣士なら火攻めなど卑怯(ひきょう)な手を使うでない」

「戦は手段を選ばずじゃ。黒岩十三郎の仇(かたき)と知れ！」

吉右衛門と由蔵が磐音のそばに這ってきた。

河岸まではまだだいぶあった。

ぽーん！

という音を立てて屋根から火柱が立った。

「坂崎磐音とやら、おまえだけはこのおれの手で斃したかったが仕方あるまい。大川を死に場所と思え！」

天童の高笑いが水面に響き、そのかたわらから仲間の剣客が新たな松明を投げようと立ち上がった。

揺れる胸板に一本の矢が吸い込まれるように立ったのは、その瞬間だった。

「ぐえっ！」

松明を手に剣客の一人が猪牙舟から水面に転がり落ちた。

磐音が振り向くと、半丁ばかり川下から必死で漕ぎ上がってくる舟があって、その舳先で品川柳次郎が二の矢を満月のように引き絞った弓で撃ちかけようとしていた。

弓箭の音が水面に響いた。

すると天童の猪牙舟からもう一人、浪人者が転落していった。

「引け、引け！」

天童が命じると二挺櫓の猪牙舟は凄い勢いで回頭して川上へと逃走していった。

品川柳次郎の舟が炎上する屋根舟に横付けし、弓を捨てた柳次郎が今津屋吉右衛門、由蔵、磐音、最後に船頭を次々に乗り移らせた。

強風が吹きつける屋根船は一気に燃え上がって、あたりを赤く照らしつけた。

「品川さん、遅かったですね。冷や汗をかきましたよ」

磐音が文句を言った。

「弓矢を仕度しているうちに遅くなりました。なにはともあれ、ご無事でなにより……」

柳次郎が笑った。

「そなたの弓の腕前、なかなかのものです」

「剣術よりはましな程度です。雪荷(せっか)流を学んだ父から仕込まれましてな、久し振りに引きました。あたるかどうか心配で……」

「いやいや、そのような才をお持ちとは」

と感嘆した磐音が、

「今津屋どの、番頭どの、怪我はありませんか」

と、胴の間にへたり込んだ二人を気遣った。

「坂崎様とご一緒すると、なにやらえらい騒ぎに巻き込まれるようだ」

吉右衛門が憮然と呟く。

「決してそれがしが企んだことではございませぬぞ」

「いやはや、そう思いたくなると冗談を申しただけですよ」

屋根船はゆっくり水中に没しようとしていた。

「私は金槌でしてな、水に放り出されたらどうしようかと思っておりました」

由蔵もほっと安堵の声を漏らし、

「それにしても、このような策を用意しておいででしたか」

と磐音と品川の顔を交互に見た。

「用心に越したことはございませんからな。それでも妙高寺で阿波屋有楽斎どのの顔を見たとき、こちらの考えが甘かったのではと心から心配しましたよ」

「ともかく連日連夜、脂汗をかかされ、その都度、坂崎様に助けられますな」

吉右衛門のほっとした声で船はゆっくりと舳先を巡らした。

第五章　雪下両国橋

一

その女が今津屋の店先に入ってきたとき、老分の由蔵は長年培った一瞬の観察眼で、両替屋の客ではないなと見て取っていた。

継ぎはぎだらけの単衣を重ね着して、前掛けをしていた。手拭いを取った頭は蓬髪で、肌もかさかさに荒れていた。

若い女は陽光の下、日傭取りでもして働いているのか。

振場役の新三郎が、

「お客様、御用を窺います」

と話しかけると女は黙って頷き、握り締めていた八枚の南鐐二朱銀を、

「一両に替えてほしいのです」

と言って頭をこくりと下げた。

「一両がお要りようで……」

と新三郎は応じて、

「切賃（手数料）二十文いただきます」

と言った。

両替屋では高額貨幣を銭貨などの小額に切り換える場合も、小額の銀貨を小判に替える場合も切賃を貰い受けた。

江戸期を通じて一両の切賃は八文から四十文で上下した。

女は別の手から温もりのある銭二十文を出した。

今津屋の切賃を女は知っていた。

（はて？）

と由蔵は訝しく思った。

「お待ちくだされ」

新三郎は帳場格子の向こうで目を光らせる支配人の和七を見た。

和七は客の風体を一瞥した。

新三郎からは、偽貨などを受け取ったときの合図は送られてこなかったので、頷いた。ところが、

「ちょっとお待ちを」

和七のかたわらで老分の由蔵が真新しい一両を掴むと、

「お見受けしたところ、祝儀ものかなにかにお使いのようですな。新三郎、この新しい小判をお渡ししなされ」

とわざわざ銭皿に載せて運んでいき、

「お客様、かような場所は初めてにございますか」

と訊いた。

女は怯えたように頷いた。

「一両にございます」

由蔵から新三郎に渡った小判が女に渡され、女は頭を二度三度下げると店を出ていった。

「老分さん、なんぞ不都合が……」

店頭の商いを仕切る支配人の和七が由蔵に尋ねた。

「うちに来られるお客様ではないのでな……」

由蔵の言葉は不安を残していた。

「老分さん、南鐐はほんものにございます」

新三郎が応じた。

頷いた由蔵が自分の席に戻ってしばらくすると、駕籠屋が南鐐二朱銀を小判に替えに来た。そして、次から次へと南鐐二朱銀と切賃を握った客たちが今津屋に押しかけ、店は応対に忙しく追われることになった。

その客のだれもが江戸の庶民で、普段の暮らしで小判など必要としている連中とも思えなかった。

坂崎磐音は異常な現象にすぐに気がついた。

「裏で手引きしている人物がいるかもしれません。手引きする者の正体を探り出してもらいたい」

と、品川柳次郎らに両替えした客のあとを追わせた。

控えの間に由蔵が顔を見せ、

「坂崎様、ちょいと旦那様のところまでご一緒に」

と誘いかけ、二人は奥座敷に向かった。

「旦那様、どうやら兌換騒ぎが始まったようにございます。阿波屋さんはうちに大量の南鐐の兌換を持ち込むと思っておりました。が、意外な策に出ました」

若い女を皮切りに次々と現われる客のことを告げた。

「始まりましたか」

吉右衛門は平然と応じた。

「阿波屋め、私が妙高寺で約定した言葉を逆手にとっておるのです。江戸の方々が南鐐二朱銀を握り締めて切り替えに来られるのを、断れませんからな」

吉右衛門は通夜の席で
「分銅看板を上げる以上、お客様のご要望に応えるのは当然の務め……」

と明言していた。

「老分、ここは今津屋の肚の据わり具合が試されるときです。どこまで持ちきれるか頑張ってみましょうか」

吉右衛門が決心を示し、由蔵が頷いた。

「今津屋どの、番頭どの、品川さんたちが客を追っています。あの者たちの背後で糸を引く者が必ず一両を回収にくるはず。そこから阿波屋へ辿ってみます」

「坂崎様、敵もそうそう簡単に尻尾は出しますまい」

吉右衛門の推測に磐音は頷き、言った。

「それと、この策を長くは続けますまい。必ず別の両替策を講じてきます」

「偽南鐐を混ぜるか、大量兌換か。ともかく神経を張り詰めて成り行きを見守りましょうか」

由蔵が主の指図を窺った。

「老分、小僧を使いに出して、金座方の日村様にお知らせしておくのです」

「はい、早速に」

今津屋の南鐐二朱銀から小判への切り替えは、暖簾(のれん)を下ろす刻限まで途切れることなく続いた。客筋は職人から棒手振り(ぼてふり)と庶民ばかりである。

大戸を下ろしてその日の切り替えを勘定してみると、小判に換算して三百五十七両、南鐐二千八百五十六枚に達した。

「なんと……」

支配人の和七らが顔を青くした。

「これはな、序の口です。明日からはもっと大勢の客が詰めかけると覚悟しておきなされ」

由蔵が動揺する大勢の奉公人を叱咤(しった)した。

「老分、早晩、今津屋だけでは支えきれなくなります。越後屋さんなどお仲間に振り分けをお願いできませんか」

「支配人、今津屋の看板を見て暖簾を潜られたお客様に、よそに行けと勧められるものですか。あくまで引き受けます」

小さな体の由蔵が店じゅうを睥睨(へいげい)し、申し渡した。

「いいですか、戦は始まったばかり。これしきのことで揺らぐ今津屋ではありません。おまえさん方が忙しさについ散漫になったとき、敵は新手を考えてきます。よいか、南鐐に偽貨が混じるやもしれませぬ、その他に奇策を用意しているかもしれませぬ。万々注意を怠るのではありませんぞ」

「はい」

支配人の和七らが声を揃えた。

客を尾行していった品川柳次郎らは暖簾を下ろしても戻ってこなかった。

坂崎磐音は控えの間で待った。

「食事の仕度ができてますよ」

とおこんが声をかけたが、

「いや、品川さんたちが戻ってくるのを待とう」

と断った。

「坂崎さんのご指示を仰ぎに戻ってきました」

と最初に姿を見せたのは御家人の三男坊、安藤新八だ。

「どうしました」

「棒手振りの九次という者を追ったのですが、浅草寺に寄ってお参りしたあと、門前町の一杯飲み屋で酒を飲んで、近くの長屋に戻りました。どうやら寝付いた様子、どうしたものかと帰ってきました」

「ご苦労でしたな。夕餉の仕度が台所にしてございます」

と安藤に食事を摂らせた。

四半刻（三十分）後、陣出清司が首を傾げながら戻ってきた。

「糊屋のばあさんを追ったのですが、長屋に戻りました。いかがしましょう」

そんなところへ多野村と和泉喜助が連れ立って戻ってきた。さらにしばらくして品川柳次郎が戻ってきた。

「品川さんの客も長屋に戻り、接触してくる人物はいませんでしたか」

「住み込みの左官職人で、並木町の親方の家に戻りました」

「となると明日かな」

「一両を使い込みそうな貧乏人ばかりですぞ。一晩も預けておくでしょうか」

「自分の南鐐を両替したってことはありませんかね」

多野村が言い出した。

「いや、それはない。どだい、行列をなして今津屋だけに押しかけるところからしておかしい」

「そうですね」

多野村が自分の考えを撤回した。

「なんぞ、からくりがあるはずなんだがな」

品川柳次郎が呟いた。

飯を食い終えた安藤も台所から控えの間に戻ってきた。

「安藤さんが尾行した棒手振りの九次の長屋は浅草寺の近くでしたね。品川さんの左官職人は並木町か」

「二つともすぐそばですぜ」

と江戸育ちの柳次郎が答えた。

「おれのは田原町だ」

と多野村が応じ、陣出も和泉も浅草寺近くの町だったと言い出した。

「待ってください。五人とも浅草寺近くというのは偶然かな」

いや違う、と叫んだ柳次郎が、

「多野村、おまえが尾けた客は浅草寺にお参りしたか」

「おお、したぞ。信心深いやつでな、本堂横手の稲荷社にも詣でたぜ」

「それだ、おれが尾けた左官も稲荷社に参って、賽銭を投げ入れたぞ」

「入れた入れた」

安藤たちが口を揃えた。

「安藤さん、付き合ってくれますか」

磐音が飯を食い終えた安藤に同道を頼んだ。

「坂崎さん、おれたちも行こうか」

柳次郎が言ったが、

「なにが起こるかしれない。品川さんたちは飯を食って待機していてくだされ」

と言い残すと、磐音と安藤は夜の両国西広小路に走り出た。

今津屋に両替に来た客五人が揃ってお参りした社は、奥山の芝居小屋の西側にひっそりと建つ地主稲荷だった。

「この賽銭箱に九次が投げ入れた様子は遠くから窺いましたが、まさか一両を放り込むなんて考えもしないことです」

「それはそうです」

賽銭箱はせいぜい一尺四方のものだった。

安藤が持ち上げてみるとからからと銭の音が響いた。

「坂崎さん、それがしが見た賽銭箱はこんなに古びてはいなかった」

もう一度安藤が賽銭箱を振った。

「こらっ！　侍ともあろう者が賽銭を盗む気か」

怒鳴り声に慌てて安藤が賽銭箱を下に置いた。

見せ物小屋の木戸番か、法被(はっぴ)を着た老人が小さな体で仁王立ちしていた。

「すまぬ。ちとわけがあって、賽銭箱を確かめただけじゃ」

磐音が謝った。

「わけたあ、なんだ」

老人は簡単に許す気はないようだ。

「いや、この稲荷社に間違って一両を放り込んだという者があってな」

安藤が言い繕(つくろ)った。

「そんな馬鹿がどこにおる。地主稲荷なんてけちな社に賽銭を一両だと……」

と言った木戸番がふいに首を傾げた。

「そういえばよ、今日はえらくお参りがあったな」

「見ておられたか」

磐音が訊いた。

「うちの見せ物小屋は、ほれ、あっちの小高い丘の上に裏口が向いてらあ。時折り、煙草を吸いに来るんだがよ、えらく参詣人がいたぜ」

「普段は少ないのですね」

「少ねえだと。御利益もねえ地主稲荷なんぞ、だれが拝みに来る」

老人はずけずけと言い放った。

「その上よ、最前は、黒鷺の常五郎のところの三下までもが面を見せていたぜ」

「黒鷺とはどこぞの親分さんかな」

「おお、賭場でも金貸し商いでも白を黒と言いくるめる手口を常習するんでな、黒鷺の常五郎と呼ばれているやくざ者の金貸し、ついでに口入れ屋と、ここいら一帯を取り仕切るげじげじだ」

「一家はどこに構えておられるな」

「待乳山（まっちやま）裏の聖天町に行きな。だがよ、お侍、関わりあいにならないほうがいいぜ。命知らずの浪人者なんぞを飼っているからね」

「そういたそう」

老木戸番は言いたいだけ言うと、磐音たちにかけた賽銭泥棒の嫌疑は忘れてしまったらしく、見せ物小屋に戻っていった。

「来た甲斐（かい）がありましたな」

「安藤さんは聖天町というところをご存じか」

「むろん知ってますよ、行かれますか」

「ここまで来たんです。覗（のぞ）いていきますか」

二人は浅草寺境内（けいだい）を随身門で抜けて、妙徳院のかたわらから大川へと東に下った。

「坂崎さんは吉原に行かれたことはありますか」

「むろん朋輩（ほうばい）たちと何度か参りました」

浅草寺中の寺が並ぶ道は、先で吉原に通じる日本堤にぶつかる。

吉原通いの男たちが寺中から田圃（たんぼ）道を懐手（ふところで）で急いでいた。

「その口振りじゃ、馴染（なじ）みはおりませんね」

「浅葱裏です、もてるわけもないですからな」

「御家人の三男だって同じようなものです。銭もない部屋住みももてやしません。結局、遊里は金の世界です」

「まあ、そうでしょうね」

遊び好きだった小林琴平のことが磐音の脳裏を掠めた。

一年も前、吉原の半籬の見世に居続ける琴平のもとに金子を届けに行ったことがあった。その琴平ももうこの世にはいなかった。

斬ったのは磐音自身だ。

そして、今一人の友も……。

有為転変、なんと目まぐるしく時が動いたことか。

「坂崎さんは神田三崎町の佐々木道場に通われたそうですね」

「わずか三年でしたが、門弟の端に加えてもらっておりました」

「柳次郎も言ってましたよ。いくら佐々木道場の稽古が厳しいといって、あの剣は会得できぬ。坂崎さんの剣は天性のものだと」

「買いかぶりです」

二人は話をしながらいつの間にか聖天町に入っていた。

安藤が通りがかりの男に黒鷺の常五郎一家を訊ねた。

男は無言で十数間先の、通りの右側から洩(も)れる明かりを指差した。

「一度表から内の様子を窺ってみますか」

磐音の提案に安藤が頷く。

二人は吉原に急ぐ遊客のように足早に、障子戸が大きく開けられた黒鷺の常五郎一家の前を通り過ぎながら、中を覗いた。

三和土(たたき)には子分たちが何人もいた。

磐音たちは半丁ばかり通り過ぎたのち、待乳山聖天社の境内に上って、黒鷺一家の裏口が覗けるところまで後戻りした。

すると裏口で、駕籠屋がだれかを待っていた。

「親分が出かけるにしてはおかしいですね」

「訪ねてきたんですよ」

言いながら、二人はしばらく境内から裏口を見張っていた。

「くうっ」

と磐音の腹の虫が鳴いた。

「おや、坂崎さん、夕餉はまだですか」

「皆さんを待っていたら食いそびれた」

「そりゃかわいそうに」

安藤が言ったとき、裏口の戸が押し開かれて用心棒らしき浪人が二人現われた。続いて番頭風の男と黒鷺の親分らしい人物が姿を見せて、番頭風が駕籠に乗り込んだ。

黒鷺の親分と見た男が、番頭風の乗った駕籠に重そうな包みを差し入れた。

親分が浪人二人になにかを命じた。

二人は駕籠の左右についた。

用心棒が警護しているのは男ではない、包みだ。とすると、

「包みは今津屋で換金された小判ではあるまいか」

「それだ、ありえます」

安藤が答えたとき、駕籠が動き出した。

「どうしますか、坂崎さん」

「両替屋行司どのの店に向かうかどうか見届けましょう」

二人は待乳山の裏参道を聖天町の通りへと走り下りていった。

坂崎磐音と安藤新八の二人が今津屋に戻ったのは四つ半（午後十一時）を過ぎていた。由蔵もおこんも寝ずに待っていてくれた。

磐音は帳場で浅草寺境内の地主稲荷の賽銭箱を使った一両の回収法から、それに聖天町の黒鷺の常五郎一家が関わっていることを由蔵に報告した。

「罰当たりにも稲荷社の賽銭箱なんぞを使っておりましたか」

「駕籠が行った先は、北鞘町の能登屋でした。回収された小判を受け取りに来たのは能登屋の番頭ではあるまいか」

「坂崎様、一日目にしては上出来上出来、能登屋まで辿りつけたのですからな」

「明日もおそらく今日と同じようなことが繰り返されましょうな。いかがなさいますか」

「旦那様は、阿波屋有楽斎が南鐐二朱銀の流通の阻止に動いている証拠をきっちりと手に入れるまで、うちは南鐐を買い続けろと申しておられます」

「ならばわれらは、黒鷺の常五郎と能登屋の動きをぴたりと見張りましょうか」

「早朝に日村様に連絡をとって、勘定奉行川合様のご支配下の役人に見張りに加わってもらいます。ともかく南鐐二朱銀の流通を阻害する組織の実態をしかと摑むことです。それさえあればあとは幕府にお任せすればよい」

「しばらくは我慢我慢ですね」

　二人が話し合っているところにおこんが膳を運んできた。

「坂崎さん、お腹が空かれたでしょう。夕餉も摂らずに駆け回っておられたんですもの」

「呆（あき）れました。夕餉も摂らずに……」

　由蔵が目を丸くした。

「美味そうですねえ、おこんどの」

　もはや磐音の表情は膳の上の鮃（ひらめ）の煮付けに釘付けで、子供のような無邪気な表情を漂わせていた。

　由蔵がおこんを見た。

「老分さん、もはや何を言っても坂崎さんのお耳には届きませんよ」

二

　磐音が割いた鰻を手にした宮戸川の鉄五郎親方が、

「おれはいつ鰻割きをおめえさんに任せて引退してもいいや」

　とほれぼれと見て言った。

「松吉、よく見てみな、この割き具合をよ。どこにも無理な力が入ってねえ証拠に、すっぱりときれいなもんだ。これだとな、炭で焼くときよ、どこにも火が回るってもんだ。職人は楽だし、うめえ蒲焼きができらあ」

「親方、おれのも褒めてくんな」

鉄五郎が片方の掌に松吉の割いた鰻を載せて、左右をちらりと見比べ、

「いくら節穴のおめえにも見分けがつこうってもんだぜ」

と弟子の顔の前に突き出した。

「親方、おれの骨にはまだ身が残ってら。だしがよく出ますぜ」

「馬鹿野郎、ちったあ、坂崎さんを見習え」

「変な人だぜ、坂崎さんは」

「なにがだ」

「坂崎さんの手元を見てると、急いでいるふうもねえ、顔もにこにこして気張ってもいねえ。だけど、おれの倍も数をこなしなさる」

「それが一芸に秀でた人の奥深さだ」

「一芸ね」

「おめえは一人で喋くってやがる上に、動きに無駄があるからな」

宮戸川の井戸端では、今朝も鉄五郎親方、割き職人の松吉、次平、そして磐音がせっせと鰻割きに精を出していた。

「親方、今日は朝餉は遠慮します」

目処が立った頃、磐音が言い出した。

「どこぞに出かけられるか」

「川向こうの両替屋の今津屋さんに……」

「その話、金兵衛さんから聞いた。なんでも今津屋さんが南鐐二朱銀の流通に孤軍奮闘してるって話じゃないか」

「親方のお店には新貨幣は回ってきますか」

「出回った当初は見かけたが、このところ顔を拝んでないな。金銀相場で儲ける両替屋が買い占めているんじゃ、わしらのところに出回らない道理だ。それにしても一両で南鐐十枚を買い、今津屋さんで八枚で一両に切り替えてもらうなんざ、仲間の両替屋は阿漕だ。いくら切賃をとったって、今津屋さんのお蔵は空になりますぜ」

「ここ数日が勝負でござろう」

「深川育ちのおこんちゃんが頑張っているんだ。うちでもなんとか応援をしたいが、鰻屋じゃ、鰻はあっても銭はねえや」

そう言った鉄五郎は、

「片付けはさ、松吉と次平じいさんで十分だ。早く今津屋に行きなせえ」

と磐音を早引けさせてくれた。

この日は店を開けると同時に南鐐八枚を握った人々が押しかけてきた。それもひっきりなしだ。

部下を従えてきた勘定奉行所の金座方日村綱道は、今津屋の奥に控えている。

昨夜のうちに磐音が手配したとおり、安藤新八は黒鷺の常五郎一家を見張るために出かけていた。

能登屋には陣出清司がついていた。

今津屋の控え部屋に残るのは、品川柳次郎と和泉喜助、それに磐音だけだ。

和泉と金座方の役人が最初に目をつけたのは長屋のおかみさん風の女だった。

一両を手にした女のあとを二人が尾行した。そして女が浅草蔵前通りの馬頭観音駒形堂の賽銭箱に一両を投げ入れるのを確かめた。

そのあと、ほっとした表情の女は吾妻橋を渡って、北割下水の長屋に戻った。

和泉たちは女の長屋の戸を開いた。

すると女が恐怖に目を引きつらせた。南鐐八枚を一両に替えて駒形堂の賽銭箱に投げ入れたわけをな」

「話を聞かせてくれまいか。南鐐八枚を一両に替えて駒形堂の賽銭箱に投げ入れたわけをな」

「わ、わたしはなにも……」

「知らぬというのかい。こちらは勘定奉行所のお役人だ。だがな、わざわざ御家人の次男坊が口を利いてるのにはわけがあるんだ。話を聞かせてくれれば、おれからお役人にお構いなしにしてくれと頼んでもいいんだぞ」

「ほ、ほんとのことで……」

「おれもおまえと同じ割下水の住人だ。嘘と坊主の髪はゆったことがねえや」

和泉が伝法な口調で説得すると、女は言い出した。

「黒鷺親分の手下に三十文になる仕事だからって……」

その話を同行の役人が書き取った。

「おまえは聖天一家とは古くからの知り合いか」

「亭主も私も仕事を回してもらっています」

「そりゃ、断れないわな」

女が懐から三十文を返そうと差し出した。

「そいつはおめえの稼ぎだ」

和泉は最後に女の名を聞くと長屋を出た。

品川たちはこれはと目星をつけた客を尾行して、子細を聞き取り、書類にした。

昼下がりになっても、今津屋の南鐐二朱銀の切り替えの列は途切れることはなかった。

両替以外の業務は停滞していた。だが、今津屋では老分の由蔵が陣頭指揮して、必死に両替に当たった。

帳場を覗いていた磐音に由蔵が振り返って合図を送ってきたのは、そんな最中だ。

磐音は客の面体を確かめた。

青物の棒手振りといった風情の男だった。

南鐐二朱銀がいったん男の手に戻され、

「お客様、あちらで一両を受け取ってくださいませ」

と店の端の帳場行きを命じられた。男は、

「なんでえ、おれだけ……」

と言いながらも端に移動した。

すると番頭の久七らがすうっと男を取り囲み、

「こちらにどうぞ」

とうむを言わせずに店の奥座敷に連れ込んだ。

そこには勘定奉行所の金座方日村綱道と坂崎磐音と老分の由蔵が待っていた。

「そなたの名はなんと申す」

日村が訊いた。

「なんでえなんでえ、おれがどうしたというんでえ。天下御免の二朱銀を切り替えようとしただけじゃねえか。ほれみねえな、勘定奉行の川合様がこの南鐐八枚で一両と交換って、わざわざ刻まれた二朱銀だ」

男が手を広げて汗の染みた南鐐二朱銀八枚を見せた。

「そなたが手にしておる南鐐はそなたのものか」

「あたぼうよ」

「そこに置け」

男が畳の上に八枚の南鐐を置いた。

日村が扇子の先で四枚ずつ二組に分けた。

「よく見よ。この四枚は本物じゃ、銀の光り具合も申し分なく刻印もしっかりしておる。だがな、別の四枚は色がくすんだ上に打刻も曖昧じゃ。おまえの目にもそれくらいの区別はつこう」

男は両眼を見開いて、日村を、磐音を、由蔵を見た。

「お、おまえ様は……」

「そなたが口にした勘定奉行川合越前守様支配、金座方の日村綱道じゃ」

「ひえっ！」

と男が叫んだ。

「おまえさんはどこのだれですね」

今津屋の老分の由蔵が訊いた。

「あ、安倍川町の梅吉だ」

梅吉が虚勢を張るように胸を突き出した。

「梅吉さん、そなたが切替えに持参した南鐐二朱銀はいかにして手に入れられたな」

由蔵がさらに問う。

「おりゃ、棒手振りだ。商いで手に入れたに決まってら」

「青物か魚か」

日村に代わった。

「青物でございます」

「そなたが売る青物の値はおよそいくらだ」

「六文とか十文でございます」

「棒手振りの仕入れの資金は烏金か。せいぜい七百文じゃな、南鐐二枚にも足るまい」

南鐐二朱銀は公式相場八枚で一両、八分の一両はおよそ五百文だ。

烏金とは、その日暮らしの棒手振りなどに朝方に資金を貸して、夕刻に回収する小口の金貸しだ。

烏が朝にねぐらを出て夕刻に巣に戻るように貸し金が回収されるので、こう呼ばれた。

「烏金なれば一日の利息を天引きされて、おまえが手にする資金は六百七十九文。これで青物を仕入れて、二倍に売っておよそ千四百文、きっちり七百文を烏金に戻して、店賃、暮らしの費用を差し引けば、おまえの手元に残るのはせいぜい十文から十数文じゃな」

「…………」

「そして、また新たに一日の資金を借りる」

理詰めで迫った勘定奉行所の老練な役人が、

「梅吉、これでどうやって南鐐八枚を稼ぎ出した！」

と一喝した。

青くなった梅吉の体が震え出した。

「その上、四枚は偽金である。偽金遣いは天下の大罪人、おまえの素っ首が獄門台に載るのは、間違いのないところである」

「お、お役人、おれの金じゃねえ。三十文の手間で切り替えを頼まれただけで」

梅吉が喚（わめ）いた。

「嘘を申すとためにならぬぞ」

「う、嘘なんかじゃねえ。ほんとのことで……」

「だれに頼まれましたな」

由蔵がじんわりと訊いた。

「烏金を借りている黒鷺一家の代貸に頼まれたんで。毎日、資金を借りているうえに三十文の手間賃だ、断れきれなかったんで」

「黒鷺一家とは浅草聖天町の黒鷺の常五郎のことか」

「へえ、間違いございません」

梅吉が必死で頷いた。

「すべて書き取ったか」

部屋の隅の机で聞き書きしていた部下に日村が訊ねた。

「はっ」

「梅吉、名前は書けるか」

「へえ、名前くれえなら……」

「これからおまえが証言した一切を読み聞かす。納得したら、名を記せ」

「お許しいただけるので……」

「今日は放免して遣わす。ただし後日、奉行所より呼び出しがあるときは、素直に従え」

「へえ」

書き役が、

「明和九年十月……」

と聞き書きを読み出した。

すべて読み聞かされた梅吉が署名を終えたとき、磐音が言い出した。

「この者をちと借り受けてよろしいですか」

梅吉の顔色が変わった。

「それは構いませんが……」

日村が答えた。

「梅吉、心配いたすな。そなたに儲け仕事を工面しようというのじゃ」

梅吉が不安げな顔を磐音と由蔵に向けた。

「この方なら信頼してよい。お店と深い関わりのある方でな、言うことを聞けば、おまえさんにとっても損はあるまいよ」

と由蔵が保証した。

磐音が梅吉を控えの間に連れていった。

この日、今津屋で南鐐二朱銀を一両に交換した者はおよそ四百余人に上り、交換した総額は七百七十八両に及んだ。

そのうち、南鐐二朱銀六千二百二十四枚のうち、偽金はおよそ一割の六百五十一枚に及んだ。

日村たちは偽南鐐を持ち込んだ全員を奥に呼び、証言をさせた上で書類を作り上げた。今津屋の長い一日は終わり、暖簾が仕舞われた。

すると台所から鰻の蒲焼きの香ばしい匂いが漂ってきた。

奉公人たちがびっくりしたような顔で奥を見た。

「皆さん、ご苦労さまにございました」

おこんが指揮して、女たちが鰻の蒲焼きの丼を載せた盆を次々に運んできた。

「おこんさん、これはどうしたことで……」

「南六間堀町の宮戸川さんが、陣中見舞いだとお届けくださったんですよ」

「宮戸川さんとはお付き合いもないのに」

由蔵が不思議な顔をした。

「老分さん、坂崎さんが毎朝、お割きになる鰻ですよ。鉄五郎親方が坂崎さんからうちの奮闘ぶりを話に聞いて、銭では応援できないからって、鰻で精をつけてくれと届けてくれたんですよ」

「おお、これはなによりのいただきものです。皆さん、心尽くしの鰻で精をつけて、もう一働きしましょうぞ」

店先に歓声が上がった。

さらに丼が運び込まれてきた。

「坂崎様、あなたのお陰で思いがけない馳走にあずかります」

そこへ顔を出した磐音の顔を見た由蔵が礼を述べた。

「いえ、私より金兵衛どのとおこんどのの普段のお付き合いの賜物にございます。お礼はお二方におっしゃってください」

頷いた由蔵が、

「おこんさん、奥にも行き渡るであろうか」

と数を心配した。

「大川を船で渡って、鉄五郎親方自身がたくさん届けてくれました。旦那様は日村様方と舌鼓（したつづみ）を打っておられます」

「そうかそうか。ならば私も坂崎様がお割きになった江戸前の鰻をご馳走になりましょうかな」

老分の由蔵が箸を取るのを見て、大勢の奉公人が丼を手に持った。

「坂崎様、ご馳走になります」

「おこん様、ありがとうございます」

奉公人たちに口々に礼を言われて、二人は目を白黒させた。

丑三(うしみ)つ（午前三時）の頃合、安倍川町の裏長屋を幾つもの影が取り囲んだ。

影は、棒手振りの梅吉が住む長屋の表と裏口の二手に分かれて忍び寄った。

高鼾(たかいびき)の部屋からぼうっとした明かりが洩れていた。

「いいか、野郎の息の根を一気に止めちまえ！」

黒鷺の常五郎の命令が飛び、障子戸を押し開くやいなや、すかさず突っ込んでいった。

梅吉は昨夜のうちに、

〈黒さぎの親分へ　あずかった南りょう二朱銀八枚のうち四枚がにせものとは、にせ金づかいは天下のおお悪人。このしょうこ、高く買ってくだされ。明日にもそちらに出向きます　ぼてふり梅吉〉

という手紙を届けさせていた。

もちろん磐音に命じられてのことだ。

「野郎、つまらねえ考えを起こしやがって！」

表戸から飛び込んだ黒鷺一家の代貸の力造が匕首(あいくち)をきらめかせて、破れ夜具にくるまって眠る梅吉に殺到した。

　ふいに夜具が浮き上がった。

力造の向こう臑がかっぱらわれた。

ぽきりと骨の折れた音が不気味に響いた。

「ぐええっ！」

力造が狭い三和土に転がり落ちた。

「てめえは梅吉じゃねえな！」

子分の一人が叫んだ。

「少しばかり悪さを仕掛けた」

煎餅布団の上に片膝をついた磐音が、商い用の天秤棒を構えた。

「先生！」

黒鷺の常五郎が、伴ってきた用心棒の浪人を呼び込んだ。

「黒鷺の親分、ここは狭い。外に出ぬか」

磐音がのんびりした小声で言いかけた。

その声につられたように裏の障子を引き開けた子分の一人が、長脇差を突き出すようにして飛び込んできた。

磬音は構えていた天秤棒を後方に突き出した。

先端が襲撃者の鳩尾(みぞおち)に見事に突っ込まれて、尻餅(しりもち)を突くように部屋の壁に叩(たた)きつけられて気絶した。

「梅、なんの騒ぎだ！」

隣の部屋の住人が叫んだ。

「ほれほれ、長屋じゅうが起きてくるぞ」

表から入りかけた浪人の一人が常五郎に、

「親分、表のほうが始末しやすい」

と囁(ささや)く。

「相手はたったの一人だ、押し包んで殺(や)ってくんねえ」

「それがし一人で十分じゃ」

浪人が悠々と長屋の井戸端に引いた。

女たちが炊事から洗濯などの仕事をこなすための小さな空き地になっている。

磬音は梅吉の商売道具の天秤棒を部屋に置くと、ゆっくりと敷居を跨(また)いだ。

月光が貧乏長屋の佇まいを照らし出していた。

深夜の襲撃者は二人の浪人に常五郎、それに裏手組の三下(さんした)たちが加わって総勢八人のようだ。二人はすでに戦いの場から離脱させられていた。

磐音はどぶ板を慎重に踏んで井戸端へ進むと、備前包平の柄に手をかけた。

「待ちくたびれましたぞ」

磐音はのっそり立つと、包平二尺七寸を抜いてだらりと片手で下げた。

どこにも戦意が感じられなかった。

それが相手を油断させた。

「ふざけたことを……」

長身の浪人がすでに剣を八双に構え、相棒に磐音の横手に回るよう顎で指示した。

そのとき、気配もなく磐音が突進した。

峰に返した包平が果敢な胴撃ちを見舞った。

相手は八双に立てた剣を振り下ろして迎撃しようとした。

一瞬の隙を衝かれた相手の腰が引けた。

それに包平の迅速な太刀風は相手の考えを超えていた。

深々と胴を叩かれた相手の腰骨が折れた音が響いた。

倒れる相手には構わず、もう一人の浪人に向かった。

相手は突きの構えで襲来した。

磐音が包平の峰で切っ先をはたくとたたらを踏む相手を呼び込み、峰で胴撃ちに仕留めた。今度は、
ぐしゃり！

と鈍い音が響いて、倒れ込む。

「さて残るはそなたらか。今度は峰には返さぬ」

大包平の刃が下に回されて、切っ先が子分の一人に向けられた。

「う、わわわっ……」

子分は後退りすると長屋の木戸口へと逃げ出した。つられるように残りの子分も続いた。

「親分さんだけが残られた」

「な、なにをするんでい」

「ちと付き合ってもらおう」

後退りしようとする黒鷺の常五郎の肩口に疾風の峰撃ちが決まった。

気を失って倒れ込んだ常五郎を見下ろした磐音は包平を鞘に納め、

「よいこらしょ」

とのんびりした声を出すと、その体を肩に担ぎ上げた。

三

その日の昼下がり、今津屋の店先から両替の行列がふいに消えた。

「阿波屋一派が策を変えたようにございます」

と奥座敷の主の前で老分の由蔵が報告した。

その場には磐音も同席していた。

「坂崎様が、なんと黒鷺の常五郎まで手取りにされましたからな。阿波屋も能登屋もそうそうに南鐐の売り買いを続けることはできますまい」

「旦那様、坂崎様が常五郎親分を店に担ぎ込まれてきたときには、さすがの古狸(ふるだぬき)の私もびっくり仰天しました」

「老分さん、この御仁、日向(ひなた)の縁側でとろとろと居眠りしている猫どころではありませぬぞ。大胆なことで」

由蔵と吉右衛門が言い合った。

磐音はにこにこと笑っているだけだ。

昨夜のうちに常五郎の身柄は、勘定奉行所の金座方日村綱道に渡されて、極秘の取り調べが行われていた。

「両替された南鐐二朱銀はいくらに達しましたか」

磐音が由蔵に訊いた。

「三万五千七百二十枚、支払った小判は四千四百六十五両にございます」

「小口の両替で四千四百六十五両ですか」

磐音もそれほどの額に達しているとは考えなかったので驚いた。

「なかなかの繁盛ぶりでしたからな」

吉右衛門は降りかかった災いを他人事のように答えた。

「やはり大口の両替が持ち込まれましょうな」

「まず、間違いございません」

磐音の問いに由蔵がきっぱりと答えた。

「問題はいつそれが持ち込まれるかです」

頭を悩ます懸念を口にした由蔵は、

「なんとか七万枚まで南鐐の両替は頑張りきれましょう。その先は……」

と言葉を呑み込んだ。

「老分さん、南鐐相場はどこまで下がってますかな」

主が訊く。

「巷（ちまた）の闇値は一両十一枚まで値崩れしておるそうにございます」

由蔵は江戸市中に人を放って値動きを調べていた。

「きついな」

吉右衛門が思わず呻（うめ）いた。

「今でもきつうございますが、阿波屋では十二枚まで下がったら、買い溜めた南鐐の両替に乗り出すと仲間内に話しているそうにございます」

一両十二枚で買った南鐐を今津屋に持ち込めば、八枚で一両兌換ができるのだ。差し引き四枚の南鐐の利を生むことになる。なにより大量の今津屋一店持ち込みは、今津屋の倒産を意味する。

「なんぞ南鐐二朱銀を支える策を考えねばなりませぬな」

由蔵が呻くように言った。

「八片を以て一両と交換候は田沼様の改革の根幹、これをなんとしても守り抜かねばなりません。今津屋の身代の続くかぎりやり抜きます」

吉右衛門も改めて決意を口にした。

「あのう、ちとお尋ねしたきことがありますが、よろしゅうございますか」

磐音がおっとりと言い出し、由蔵が顔を向けた。

「お尋ねとはなんですかな」

「南鐐を一気に下落させる手はございませぬか」

吉右衛門と由蔵が、

「なんということを言われる」

という顔で磐音を見詰めた。

「坂崎様、今なんと申されましたな。旦那様がここで必死に思案なされていることは、幕府が指示された南鐐二朱銀の固定相場でございますぞ」

由蔵の反問はさすがに厳しい口調だった。

「はい」

磐音は平然としたものだ。

「お分かりでしたら、なにもそのような無茶を……」

と言い出した由蔵を吉右衛門が手を振って止めた。

「老分さん、最後まで聞きましょう。坂崎様にはなんぞお考えがあってのこととお見受けしました」

「先ほど、老分どのが時間との戦いと申されたとき、思いついたことにございまして」

磐音は脳裏に浮かんだおぼろげな考えを二人に話した。

「あなた様はなんということを……」

「呆れた」

二人が口々に言い、顔を見合わせた。

「駄目でしょうかな」

磐音が二人を見返した。

「私も長いこと両替屋の帳場に座っておりますが、未だ相場を荒らす手伝いをしたことはございません」

由蔵が言った。

「いや、老分さん、ここは守るばかりが能ではない。ここいらあたりで、窮鼠猫をかむ反撃に出ましょうかな」

吉右衛門の顔に不敵な笑みが戻っていた。

「旦那様、それには今津屋の身代を賭ける覚悟が要ります」

「このままでも身代は傾いておりますよ」

主の決心を聞いた由蔵が腕組みして考え込んだ。

「……それにしても大胆なお考えで」

と視線を磐音に向けた由蔵が、

「坂崎様、相場はね、値を安定させるよりも下落させるほうが簡単です。噂の一つも流せばそれで済む」

と言い切り、

「旦那様、よろしいので」

と最後の念を押した。

「うちの身代のかぎりやってみましょうぞ。老分さん、時間はない。坂崎様と、しっかり考えを固めて、すぐにも行動しなされ」

「はっ。この戦、なんとしても勝ち抜いてごらんにいれます」

と由蔵が胸を張った。

その夕刻、江戸市中に密かに闇の読売が撒かれた。

〈烏を鷺と……南鐐二朱銀大暴落！　新任の老中田沼意次様の改革の第一歩、新貨幣の市場に流通せずの謎、金銀相場を扱う両替商たちの策動にあらず。江戸、上方の町人の、お上の政策不支持が原因か……〉

読売を手にした能登屋正三郎が満面の笑みを湛えて、大名屋敷に四周を囲まれた松島町の両替屋行司の阿波屋有楽斎の店に入っていくのを磐音と品川柳次郎は見ていた。

「坂崎さん、明日で今津屋は潰れますね」

柳次郎の手にも読売があった。

「そうかな」

「そうかなって、のんびりしている場合じゃないでしょう。朝になれば、今津屋に江戸じゅうの者たちが南鐐二朱銀八枚を手にして再び詰めかける。交換された一両で下落した南鐐を買って、また今津屋の列に並ぶ、客は一度の交換で四割から五割の儲けだ。こんな楽な稼ぎなどないな」

「南鐐はもはや巷には出回っていませんよ」

「棒手振りや小商いの者たちは手に入らないかもしれないが、阿波屋や能登屋の蔵にはため込んだ南鐐二朱銀がごっそりとある」

「そうそう、心配は大口です」

「いずれにしても今津屋は分胴看板を下ろすことになる」

と言った柳次郎が、

「いい仕事だったのにな」

と嘆いた。

「品川さん、潰れる潰れると決めつけてはいけません」

「なにか考えがあるのですか、坂崎さん」

「天下の御政道たる貨幣の流通を、私ごとき浪人がどうできるものですか」

「御家人の次男坊にも手も足も出ねえな」

二人はそう言い合って、阿波屋の立派な店構えを眺めていた。

「七十俵五人扶持の実質取分は四十二石だ。もう何年も先まで前借りして、鼻血も出ない。いいことなんてこれっぽっちもありはしない。金はあるところに集まるようにできてやがる」

「品川さんのお屋敷は春先の大火も無事だったではないですか。上を見ればキリがありませんよ」

「坂崎さんほど鷹揚になれないのは生まれついての貧乏人だからかな」

そんなことを言い交わしていると能登屋が上気した顔で出てきた。

遠目にもなにか興奮するようなことがあったのか。

二人は松島町から金座近くの本両替町まで能登屋正三郎を尾行していった。

番頭や手代に迎えられた正三郎は何事か店先で命じていた。しばらくすると番頭が、

「南鐐二朱銀両替いくらでも即歓迎！」

の張り札を出した。

「ああ、あいつら今津屋の息の根をとことん止める気だぜ」

「いや、これで息を吹き返したかもしれませんよ」

「坂崎さん……」

そう言いかけた柳次郎に笑いかけると、磐音はさっさと両国西広小路に歩き出した。


翌朝、銭座に近く、両替屋行司の阿波屋有楽斎の店に、日本橋の魚河岸から問屋月番行司千束屋甚兵衛ら数人が粋に着こなした長半纏姿で現われた。

「これは魚河岸のお歴々がお揃いでなんでございますね」

老分の佐兵衛（さへえ）が応対した。

魚河岸は江戸でも金が集まる所として名高い。

それはそうだろう。江戸前の海は申すにおよばず、上総（かずさ）、下総（しもうさ）、常陸（ひたち）、伊勢、

駿河、岩代、陸前、陸中、陸奥、羽後からも海産物、鮮魚が入荷して商いされる市場だ。

阿波屋でもむろん取引はあった。

「これはまた異なことを。むろん一両は南鐐八枚にございますよ」

「冗談を言っちゃいけねえな。南鐐相場が崩れているのはだれも承知だ。今や十二枚どころか十三枚でも十四枚でも交換するという両替屋があるんだぜ」

千束屋が読売を懐から出した。

「魚河岸では南鐐をなににお使いで……」

「魚河岸でもよ、こんなご時世だ。問屋組合でも資産を増やしておかなきゃまさかの場合に太刀打ちできねえや。今津屋さんに持ち込むのよ」

「それは商売上手な……」

「どうするね、番頭さん。おれっちは両替屋行司の阿波屋さんだから、こうして月番行司が雁首揃えてきたんだ。色よい返事がなければ他を当たるぜ」

「おいくら両替なさいますな」

「一万両」

千束屋はあっさりと言い切った。

さすがは魚河岸、なんとも豪快だ。

「一万両……」

絶句した老分の佐兵衛は、

「ち、ちょいとお待ちを……」

と言い残して主の有楽斎と相談するために慌てて奥へ引っ込んだ。

しばらく待たされた千束屋たちの前に笑みを浮かべてもみ手をしながら、佐兵衛が現われた。

「今津屋さんに持ち込まれるというのは確かなことで……」

「魚河岸の兄さん方がいったん口にした言葉だ」

「千束屋さん、いかがでございましょうかな。五千両を南鐐十三枚と両替ということでは」

「阿波屋さんともあろうものがみみっちいぜ。一万両、きりよくいけねえのか」

「なにしろ南鐐がまだ十分に市中に出回っておりませんのでな。五千両でご勘弁を……」

「しかたねえや」

と応じた頭分が、

「おい、奴、千両箱五つだけ持ってこい」

と堀に止めた船に向かって怒鳴った。

「へえ」

千両箱が荷揚げされ、なんと、かますに詰め込まれた南鐐二朱銀が大量に運び出された。

「勘定なさいますか」

「番頭さん、冗談言っちゃいけねえな。こちとらは生き物を扱う商売だ。そんなまどろっこしいことができるかえ。阿波屋さんを信用してさ、今津屋に持ち込むだけだ。勘定したきゃ、今津屋がやろうというもんじゃねえか」

「まったくさようで」

かますを積み込んだ二隻の船が阿波屋の店の前の河岸を離れた。

しばらくすると船着場に三味線や太鼓の音が響き、派手な長羽織を着た芝居小屋中村座の座元勘三郎らが船から上がり、阿波屋の玄関先に立った。

「おや、二丁町の座元さん」

佐兵衛が愛想のよい声を上げた。

二丁町とは萱町、堺町に芝居櫓を並べる芝居町の異名だ。

「なんぞ御用にございますか」

「うちにもちょいと南鐐を用立ててくださいな」

「芝居小屋で南鐐が入り用で」

「阿波屋の旦那が伊勢屋さんの通夜で値崩れした南鐐の両替を宣告なさったのは百も承知のことだ。うちにもちっとは儲けさせてくださいな」

「どれほど入り用で」

「三千両ほど用意してますよ」

「三千両ですか」

佐兵衛は思案した。

江戸じゅうから苦労してかき集め、今津屋に持ち込もうとした南鐐二朱銀がどんどん出ていく。

だが、本来、金銀相場の根幹を崩す南鐐二朱銀の価値を下落させ、老中田沼意次の尻馬に乗って、旗を振る今津屋吉右衛門を破産に追い込めば、両替屋六百店の大半の願いは達成できるのだ。

「勘三郎親方、よろしゅうございます。一両十三片の南鐐で両替いたしましょう」

「さすがに阿波屋様じゃ」

再び小判と南鐐二朱銀の交換が行われ、芝居者たちを乗せた船は賑々しく西両国広小路に向かって船着場を離れていった。

四半刻後、佐兵衛が、

（今津屋の息の根を止めるのはあと一息……）

と考えていたとき、

「阿波屋の番頭さん、お久し振りでございますな」

という声がして、阿波屋の店先が一瞬花が咲いたように晴れやかなものに変わった。

なんとそこには吉原の花魁高尾太夫が三浦屋の主、庄右衛門に付き添われて立っていた。

「なんとまあ、高尾花魁まで、花見の季節でもないのにどうなされたな」

「わちきが里を出たのは南鐐二朱銀とやらの顔を拝みたいと阿波屋様に出向いたのでありんす」

「えっ、花魁まで南鐐買いですか」

「廓も金が敵の世界にありんす。主と一緒にちと金を儲けとうありんす」

その声を聞きつけた阿波屋有楽斎が店先に烏のように黒い顔を覗かせた。あばただけが赤く染まっていた。

「これは阿波屋の旦那様……」

高尾が婉然と笑った。

「太夫、三浦屋はん、なんぞうちに遺恨があって両替に来たんと違いますのか」

両替屋行司はさすがにおかしいと店先に出てきたのだ。

「遺恨などありますものか。南鐐が値崩れするのはもはや目に見えております。吉原でも自衛の策は講じておきませんとな、名主の務めが果たせません。こうして高尾まで伴って阿波屋様の店に押しかけてきました、すぐにも両替してもらえますな」

有楽斎と佐兵衛は顔を見合わせ、すばやく蔵に残った南鐐二朱銀の額を頭で確かめ合った。

「旦那様、残りはおよそ四千三百ほどにございます。ですが……」

偽南鐐二朱銀が混じっているという言葉を口の中に呑み込んだ。

むろん有楽斎も承知のことだ。

「高尾花魁が里から出てこられたんや、断ったら罰があたるやろ」

「はっ、はい」

有楽斎が奥に引っ込み、三度、両替が始まった。

南鐐二朱銀が詰まったかますの一つめが船積みされたとき、船着場に勘定奉行の御用提灯(ちょうちん)を掲げた船が何隻も突っ込んできて、陣笠に陣羽織、短袴(みじかばかま)に手に鞭(むち)を持った金座方の日村綱道を先頭に阿波屋の店に立った。

「勘定奉行川合越前守久敬様直々のお出張(でば)りである。阿波屋、神妙にいたせ！」

凛(りん)とした声が響いた。

「日村様、うちは江戸の両替屋六百店を束ねる両替屋行司阿波屋有楽斎の店にございます。勘定奉行様直々のお手入れを受けることなどございません！」

佐兵衛が必死の声を上げた。

そこへ悠然と川合久敬が姿を見せた。

「その方、老分か」

川合が問う。

「はっ、阿波屋を預かる老分の佐兵衛にございます」

「佐兵衛に訊ねる。そこにあるかますの中身はなにか」

「はっ、これは……」

「なんじゃと訊いておる」

「はっ、はい。南鐐二朱銀にございます」

「なにっ、新しく発行された南鐐二朱銀とな」

川合は日村に、調べてみよと命じた。

「お役人様、それはこちらの三浦屋庄右衛門様が両替なさった金子、お手にとるのは御許しください」

「なにっ、両替した南鐐とな」

と独りごちた川合が、

「三浦屋、御用の筋じゃ、改めてよいか」

「はい、むろんご自由に」

日村が指揮してかますが切り裂かれ、南鐐二朱銀がざらざらと店先にこぼれ広がった。

「三浦屋、そなたこの南鐐二朱銀をいくらで両替したな」

「は、はい。恐れながら一両十三枚にて両替いたしました」

「ほう、一両十三片とな……」

川合久敬の目がぎらりと光って、佐兵衛を見た。

四

「お奉行、偽南鐐が混じっておりますぞ！」

金座方の日村綱道の声が店先に響いた。

佐兵衛の顔が真っ青に変わった。

「三浦屋、吉原では偽貨幣を集める道楽があるのか」

「め、滅相もございませぬ」

「そのほうらの両替した南鐐二朱銀は勘定奉行所が預かりおく。吉原に戻って、われらの命を待て」

はっ、と畏(かしこ)まった三浦屋庄右衛門と高尾太夫が阿波屋の店先から姿を消した。

じつは昨日、今津屋の老分由蔵と磐音が話し合い、磐音が知恵を絞った。その折、

「こちらから反撃をしかけるのでしたら、派手なほうがよいでしょう。老分どの、吉原とか芝居小屋とか人が集まるところのお頭(かしら)をご存じありませんか」

と磐音が由蔵に訊いた。

「なにをなさるので」

磐音が説明すると、

「なんと、阿波屋に吉原の楼主やら花魁を差し向けますか、これはおもしろい。

むろん知り合いもございます」

「にぎにぎしく参りましょうか」

「吉原はいうにおよばず、魚河岸から芝居小屋まで総動員しましょうな」

磐音の考えに由蔵が乗った。

二人は吉原、日本橋、二丁町と訪ね歩き、持参した千両箱を預けてきた。

魚河岸の月番行司の千束屋にしろ、中村座の座元中村勘三郎にしろ、吉原の三浦屋にしろ、自分の金で換金したわけではなかった。三浦屋も、勘定奉行所に預かりおくといわれても平気の平左だ。

「老分佐兵衛、そなたは先ほど、うちは江戸の両替屋六百店を差配する両替屋行司とぬかしおったな」

川合が詰問した。

佐兵衛の体はぶるぶると震えていた。
「は、はい」
「この度、幕府が吹抜き(鋳造)候美銀を南鐐と称せしは、上方にて流通する銀目との絶縁にある。よって、
一に、右二朱銀両替につき切賃の儀、これまた金と同様に相心得取り扱い致す事
二に、二朱銀包の儀は文字銀と違い、銀座において包み致し候ゆえ、その通りに心得る事
と新貨幣南鐐二朱銀の儀、金と同様に通用仰せ付けられ滞りなく両替いたすべく、『南鐐以八片換小判一両』の文字をそれがしの案で打刻されたいきさつがあった。それをそのほうら、江戸の両替屋を代表いたす両替屋行司阿波屋有楽斎の店が率先して、八片一両の相場を崩せしうえに偽南鐐を混ぜて、南鐐二朱銀相場下落を策せしは、勘定奉行職にある者として、許しがたし。追って沙汰のあるまで主、阿波屋有楽斎捕縛の上にお店停止といたす。さよう心得よ!」
凜然とした川合越前守久敬の声が店の内外に響き渡って、日村綱道に指揮された捕り方が阿波屋有楽斎の身柄を確保せんと奥座敷へと飛び込んでいった。
だが、主の有楽斎の姿は忽然(こつぜん)とかき消え、どこにも見出しえなかった。

数日後、城中において老中会議が終わり、退座しようとした備後福山藩主の阿部正右を、

「伊予どの」

と田沼主殿頭（とのものかみ）意次が呼び止めた。

阿部はぎくりとして立ち止まった。その顔に恐怖が走る。

「なんぞ御用にございますかな、田沼どの」

「時に風聞は正鵠（せいこく）を射ておることもある。伊予どののもとに両替屋行司の阿波屋有楽斎が駆け込んだとの噂がござる。ご存じとは思うが阿波屋、幕府の貨幣政策に叛旗を翻して、南鐐二朱銀の下落を謀（はか）った罪人、そのような者を伊予どのが屋敷に匿（かくま）われるとは思わぬが、いかがかな」

田沼がぎろりと先任の老中を睨（にら）んだ。

「田沼どの、そのような風聞は伊予を陥れようとするものでござろう。さようなことはござらぬ」

「さようであろうな。これで主殿頭も安心いたした……」

伊予守は蹌踉（そうろう）と廊下に出ていった。

その深夜、御廐河岸の深川側の渡し前にある備後福山藩十一万石の中屋敷から、家臣たちに囲まれて、密かに一人の人物が待機していた屋根船に乗った。船頭の他に頭巾を被った家臣たちが付き添った船は明かりも灯(とも)さずに大川を下っていった。

坂崎磐音と品川柳次郎は、待たせていた猪牙舟(ちょきぶね)であとをつけていった。

備後福山藩の船は両国橋から新大橋を潜り、さらに河口に向かった。

「阿部様は阿波屋有楽斎をどこへ逃がそうと考えているのでしょうか」

柳次郎が小声で磐音に訊いた。

「有楽斎は上方の出です。本店も向こうにある。ひょっとしたら、藩船で上方か福山に逃がすつもりではありますまいか」

なるほどと応じた柳次郎が、

「それにしても坂崎さんが考え出された策はなんとも大胆にございましたな。二丁町、吉原に日本橋と、金の集まる土地の人間たちを使いに出し、千両箱を積んで、阿波屋の蔵に集まった南鐐二朱銀をそっくり両替しようというのですから、それがしのような貧乏御家人の次男坊には思いもよりませぬ」

「いや、今津屋さんの御蔵に金があったればこそできた奇策です。しくじったら、腹を切っても済まぬと冷や冷やのしどおしでした」

「能登屋や阿波屋一派の両替屋も坂崎さんが考え出した策に引っかかって、お取り潰しにあった。坂崎さんは居眠り磐音どころではありませんよ。どうしてどうして手厳しい」

柳次郎は、由蔵から磐音の異名を聞き及んでいた。

「そうでしょうか」

磐音の返答は、あくまでのんびりしていた。

屋根船が永代橋を潜った。

「天童赤司はどこに消えましたかな」

「阿波屋の旗色が悪くなったところで、江戸を離れたのではありませんか」

「用心棒稼業なんてそんなものでしょうな」

柳次郎が答えたとき、明かりも点けない屋根船から悲鳴が上がった。

船が揺れた。

（まさか……）

大川から江戸の海に出た屋根船が大きく方向を転じて、再び大川へ舳先を向けた。

障子戸が引き開けられ、なにかが暗い海に投げ落とされた。

「なんてことだ、阿波屋有楽斎は始末されましたよ」

柳次郎が夜の海を透かし見た。

「田沼様が城中で釘を刺されたそうな」

そのせいで始末されましたかと柳次郎が呟き、

「厄介者だと消したのだろうが、おれたちがしっかり見届けたぜ」

と怒りの言葉を吐いた。

屋根船はすでに速度を増して、川上に漕ぎ上がっていこうとしていた。

磐音は船頭に、投げ込まれた阿波屋のところに漕ぎ寄せるように言った。

痩せた死体がゆらりゆらりと波間に揺れていた。

阿波屋有楽斎は背中から心臓を突き通されてこと切れていた。

磐音と柳次郎は有楽斎の死体を猪牙舟に運び込むと、西両国河岸に猪牙を向けた。

「これで南鐐二朱銀騒動はケリがつきましたな」

「ついた」

「ということは、それがしも坂崎さんも仕事を失ったということだ」

「そういうことですな」

「明日からまたなんぞ仕事を探さねば……」

と呟いた柳次郎が、

「坂崎さんはいいや。鰻割きの芸があるものな」

「とは申せ、一日七十文では暮らせません」

「七十文か、ないよりましだ」

「品川さんもやりますか」

柳次郎が悲鳴を上げ、

「鰻のように細長くてぬるぬるしたものを見ただけで虫酸(むしず)が走る、悪寒がきて身が慄(ふる)えます。それだけは勘弁してください」

と顔の前で激しく手を振った。

「困りましたな」

「困りましたよ」

二人は黙り込んだ。

磐音と柳次郎と阿波屋有楽斎の死体を載せた猪牙舟は、永代橋を潜って上流に向かった。

四つ半(午後十一時)過ぎ、坂崎磐音と品川柳次郎の二人は老分の由蔵に見送られて、今津屋の通用口を出た。

「お二人とも、なんぞ困ったことがありましたら、いつでも由蔵を訪ねてくだされよ。相談にのりますからな」

由蔵の別れの言葉だった。

往来の絶えた両国西広小路に木枯らしが冷たく舞って、乾いた馬糞を巻き上げていた。二人は両国橋にかかった。

すると木枯らしの中に白いものが混じって二人の体を打った。

「雪か」

夜空を見上げた柳次郎が呟き、

「結局、今津屋だけが南鐐二朱銀騒ぎで得をしやがった」

とぼそりと吐き出した。

魚河岸、芝居町、吉原の者たちに頼んで、阿波屋から一両十三片で買い取った南鐐一万一千両分の十四万三千枚を八片の南鐐と両替できるのだから、これだけで七千八百七十五両の儲けだ。

「今津屋さんはお上の側で動かれた両替屋だ。勝ち目は最初から決まっていたのかもしれませんね」

磐音は凍える両手をすり合わせた。

「しかし、南鐐は決して評判がいいとはいえませんけどね」

「流通が安定するかどうかは、江戸の皆さんが決めることだ」

明和九年に発行された南鐐二朱銀が世に認められて流通するようになるのは、およそ二十年後のことだ。が、磐音たちは知るよしもない。

柳次郎が懐の財布を振った。

由蔵は世話になった礼だと、二人に南鐐二朱銀を八枚くれた。その銀が財布の中でぶつかって、かちかちと寂しげな音を立てた。

「意外とケチだったな、由蔵の奴……」

阿波屋との争いのときはそれなりの軍資金を出してくれた。が、もはや戦は決着がついていた。

由蔵としては磐音たちに支払う理由はないというわけだ。

「坂崎さんが何度も主の吉右衛門の命を救ったというのにな」

柳次郎がぼやいた。

磐音の足が止まった。

川面から北風が吹きあげる橋上に一つの影が待ち受けていた。

「坂崎さん、なんと天童赤司だぜ」

柳次郎が驚きの声を漏らした。

「手出しは無用です」

磐音が柳次郎に釘を刺した。

磐音は腰の大包平の柄に手をやると、天童が立つ橋の真ん中へと歩み寄った。

「江戸を離れたと思っていたが」

「考えないでもなかったが、おぬしにいいように扱われたまま江戸を離れたとあっては、これからの用心棒稼業にも差し支える」

「………」

「それに黒岩十三郎らの借りも返さねばなるまい」

「律儀(りちぎ)ですね」

丹石流の天童赤司が草履(ぞうり)を後方にはね脱いだ。

一度、腹のあたりをぽーんと叩いた天童が剣を抜いた。

磐音は包平の柄に右手をかけたまま、静かに立っていた。
両国橋上の雪が激しくなった。
木枯らしに乗った雪はうねるように巻いて橋上の三人に襲いかかった。
「そなたの剣、打ち破る手立てはついた」
間合いは三間。
天童の剣の切っ先が磐音の喉元（のどもと）をぴたりと狙（ねら）った。
その姿勢で二人は時間を止めた。
柳次郎は固唾（かたず）を飲んで、不動の二人を見守っていた。
木枯らしが吹き荒（すさ）び、雪が舞った。
大川の上流から櫓の音が聞こえてきた。
寒さを凌（しの）ぐ船頭の舟歌が聞こえてきた。
木枯らしが吹き上げて、ふいに止まった。
その間隙を衝くように天童が声もなく走った。
間合いが一瞬のうちに切られた。
迷いもない突きが磐音の喉を襲った。
磐音の腰がわずかに沈んで、包平が夜の虚空に円弧を描いた。

天童の突きを払った。

それを予測していたように天童の剣は磐音の脇腹に変化した。

磐音の包平もまた天童の流麗な剣捌きに対応して、すり合わせ、跳ね上げた。

木枯らしと雪が再び橋上の二人に襲いかかった。

天童と磐音の位置が変わり、天童の剣が天に突き上げるような八双から磐音の眉間に落ちてきた。

一瞬の間もおかない間断なき攻撃。

天童が考え出した居眠り剣法への対策だった。

磐音は躊躇なく刃の下を掻い潜った。

天童赤司の攻撃の間合いから抜け出る、そのことを考えて前方へ走った。

が、天童は磐音の考えを潰すように反転すると後方から迫ってきた。

(逃げられない)

磐音は振り向くと雪が視界を遮った。それでも包平は車輪に回された天童の剣を跳ねていた。

跳ねた剣が虚空をうねって、袈裟斬りに落ちてきた。

袈裟を弾いた磐音の包平が小手斬りで応酬した。

肩に激痛が走った。
天童の袈裟を弾ききれなかった。
磐音も天童の右手首の関節を斬り割っていた。
互いに踏み込みが足りなかった分、致命傷にはならなかった。
磐音は左肩の痛みを堪えて踏み込んだ。
そのとき、天童の右手首がぶらりと垂れたのを磐音は見た。
間が空いた。
攻守が逆転した。
渾身の力をこめて包平を虚空から落とした。
左手一本で剣を支えた天童は、踏み込んでくる磐音の上段撃ちに応じようとした。
が、懸河の勢いの大包平二尺七寸を支えきれなかった。
天童の剣が二つに折れ飛んだ。
「ぐえっ！」
眉間に包平を受けた。
血飛沫が雪混じりの木枯らしを染めた。

折れた剣を持った天童は押し潰されるのを堪えた。

磐音が飛び下がった。

ゆらりと天童赤司の体が揺れた。

「うおおおっ！」

両国橋に天童赤司の咆哮が響き渡り、天童は走った。が、もはや足も目も異常を来していた。

上体を傾がせてよろめき走った天童は欄干に体をぶつけ、もんどり打って、大川へと落下していった。

磐音はぐらりとよろめいた。

「さ、坂崎さん」

品川柳次郎が走り寄ってきた。

「なあにかすり傷だ」

包平に血振りをくれて鞘に納めた磐音は、手拭いで傷を押さえた。

見る見る血が手拭いを濡らした。

「回向院裏に知り合いの呑兵衛医師がおる。腕は確かだ」

そう言った品川が磐音に肩を貸して、よろめくように橋を渡った。

磐音が受けた肩口の傷はかなりの深さだった。

品川柳次郎の知り合いという医師の源斎は、

「柳次郎、治療代は持っておろうな」

と怪我よりもまず治療代の支払いを心配した。

「心配するでない、銭ならある。それより早く治療をしてくれ」

柳次郎は懐の南鐐を振って見せた。

「よし」

と頷いた源斎は台所から焼酎を下げてくると一息に口に含み、磐音の傷口に吹きかけて乱暴な消毒を終えた。

ついでに自分も焼酎を飲んだ源斎は縫合手術を始めた。

品川が腕は確かと保証しただけに、源斎は酒臭い息を磐音に吐きかけながらも傷口を見事に縫い合わせ、止血した。

手術を終えた源斎は柳次郎に手を出した。

「いくらだ」

「有り金をよこせ」

柳次郎が懐から由蔵に貰った南鐐八枚を出した。

「そっちはいくら持っておる」

源斎が磐音を見た。

「それがしも南鐐八枚しか持ち合わせがない」

「二人合わせて南鐐が十六枚か。仕方ない。よこせ」

血に染まった手で源斎は二人から南鐐二朱銀を取り上げた。

「当分、動くでない。滋養のつくものを食って寝ておれば数日で治ろう」

磐音たちから有り金を取り上げた源斎が気楽に言い放った。

「くそっ、無一文でどうやって滋養をつけろというんだい」

「柳次郎、そこまでおれは知らぬ」

二人が廃屋に等しい源斎の診療所を出ると、雪も風もやんでいた。

朝の光が二人を眩(まぶ)しく射た。

「品川さん、稼ぎをふいにしてすまぬことをしたな」

「壮絶な戦いの見物料と思えば気も晴れます」

「稼げるようになったら、必ずお返しします」

「坂崎さん、鰻割きの七十文も駄目だな」

三角布で腕を吊られた磐音は、

「当分、長屋で寝ていますよ」

北割下水の屋敷に戻る品川と回向院裏、本所松坂町の通りで左右に別れた。

こんどの騒ぎで得たものがあるとしたら、品川柳次郎と知り合えたことだな。

（そうだ、竹村武左衛門の見舞いにも行かんとな）

自分のことは脇に置いて磐音はそんなことを考えながら、金兵衛長屋に向かって歩き出した。

磐音が深川六間堀町の金兵衛長屋に臥せっている間に年号は変わった。

「明和九（迷惑）も昨日を限り今日よりは

寿命ひさしき安永のとし」

と庶民は期待した。だが、すぐに、

「年号は安く永しと変はれども

諸式（物価）高直（値）いまに明和九」

という落首どおりの不安な世相は続き、江戸はさらに厳しい凶作の冬を迎えようとしていた。

あとがき

時代劇というものに初めて接したのは無声映画だ。

戦中に生まれた私は、昭和二十年八月十五日の敗戦を三歳半で迎えた。

それから二、三年後のことだと思う。

生まれ故郷北九州の折尾劇場に巡回映画興行がやってきた。

幼い私には入場料がいくらだったのか記憶にない。

弁士がいたのかどうかも覚えていない。

だれと一緒に見たのかも知らない。

戦火に焼け残った古い劇場の土間で見たことと、映像が白黒というよりブルーの画調だったことだけが鮮明に刻まれている。

その映画、捕物のシーンが延々と続く『雄呂血』を、怖くて怖くて泣き叫びながら見た。

絶望の戦争時代を投影した阪東妻三郎の虚無の相貌、不条理を斬る剣撃、斬っても払っても雲霞のように押し寄せる捕り方の恐怖……。

その後も『雄呂血』は何遍も見た。大学を選ぶときに映画を専攻したのはその影響があったと思う。

そして、黒澤映画の前駆ともいうべき山中貞雄監督の作品を見漁った。とくに山中作品の『人情紙風船』は、ラストシーン近くの中村翫右衛門の絶望の表情とあわせて、私の心に深く刻まれた。

が、私は映画人にはなれなかった。

大学を卒業してTV・CMの制作などに携わった後、スペインに渡った。

闘牛の取材行脚の後、帰国して何冊か闘牛本を出した。

その後、写真、ノンフィクション、冒険小説、ミステリーと転々と変遷した後、数年前から時代小説を書き始めた。

「映像出身のせいか、情景が浮かびますね」

と時折り読者の方に言われることがある。

とすれば、『雄呂血』を始めとした映画の情景が頭のどこかに刻みこまれているからであろうか。

　さて、新しい小説、〈居眠り磐音 江戸双紙〉シリーズが誕生した。藩改革の志を胸に、江戸から西国の関前藩に帰郷する三人の若侍の道中から始まる。

　第一作『陽炎ノ辻』は、いわば大きくうねる長編時代小説の序章であり、坂崎磐音とともに安永の時代を生きていこうと思う。それが一つの小説を誕生させた者の使命と考えるから……と大風呂敷を広げたところで、主人公が住むことになった舞台、江戸深川六間堀町について書いておきたい。

　現在は江東区常盤町一丁目あたり。下町人情は今も健在であろうが、往時の江戸を偲ぶ縁（よすが）はすくない。

　そんなとき、私は古い地図をひたすら見詰める。すると絵地図の向こうに江戸の家並みがすうっと浮かび上がる。やがて、大家の金兵衛の風貌や鰻捕りの幸吉少年の体つきが像を結び始める。

　そうなればしめたもの。あとはそれぞれが勝手に一人歩きを始める。ああしろ、こうしろ、と作者に命令する。

　こんなとき、小説家であることの至福を感じる。

ともあれ、坂崎磐音とともに、悩んだり楽しんだりしながら歩んでいこうと思う。

読者の方々には、どうか坂崎磐音を温かく見守っていただきたい。一緒に大いに楽しみ、ちょっぴり悩んでいただけたら、生みの親として望外の喜びです。

平成十四年弥生吉日

佐伯泰英

この作品は双葉文庫のために書き下ろされました。

双葉文庫

さ-19-01

居眠り磐音 江戸双紙
いねむ いわね えどぞうし

陽炎ノ辻
かげろう つじ

2002年4月20日 第1刷発行
2008年3月30日 第45刷発行

【著者】
佐伯泰英
さえきやすひで

【発行者】
赤坂了生

【発行所】
株式会社双葉社
〒162-8540 東京都新宿区東五軒町3番28号
[電話]03-5261-4818(営業) 03-5261-4833(編集)
[振替]00180-6-117299

【印刷所】
株式会社亨有堂印刷所

【製本所】
株式会社若林製本工場

【表紙・扉絵】南伸坊
【フォーマット・デザイン】日下潤一
【フォーマット写植】飯塚隆士

ISBN4-575-66126-0 C0193